저니맨 김태식 6

설경구 장편 소설

초판 1쇄 찍은 날 § 2017년 12월 12일
초판 1쇄 펴낸 날 § 2017년 12월 19일

지은이 § 설경구
펴낸이 § 서경석

총괄팀장 § 최하나
편집책임 § 이선근
편집 § 김슬기

펴낸곳 § 도서출판 청어람
등록번호 § 제387-1999-000006호
등록일자 § 1999. 5. 31
어람번호 § 제1-2811호

주소 § 경기도 부천시 부일로 483번길 40 서경B/D 3F (우) 14640
전화 § 032-656-4452 팩스 § 032-656-4453
http://www.chungeoram.com
E-mail § chungeorambook@daum.net

ⓒ 설경구, 2017

ISBN 979-11-316-91574-1 04810
ISBN 979-11-316-91421-8 (세트)

설경구 **장편소설**

FUSION
FANTASTIC
STORY

6

저니맨 김태식

청어람

저니맨
김태식

Contents

1. 장고 끝의 악수

"내가 판단하는 최근 너의 부진 이유는… 그동안 오버페이스를 했기 때문이다. 이번 기회에 휴식을 취하면서 체력을 보충하고 컨디션을 다시 끌어 올려."

최근 태식이 겪고 있는 타격 부진에 대해 이철승 감독이 내렸던 진단이었다. 그러나 이철승 감독이 내렸던 진단은 틀렸다.

기적이 벌어지면서 태식의 신체 나이가 스무 살 시절로 돌아갔다는 사실을 이철승 감독은 알지 못하는 상황.

그러니 제대로 된 진단을 내리지 못하는 것이 어쩌면 당연했다.

태식이 어렵사리 찾아낸 최근 타격 부진의 원인은 이철승 감독이 내렸던 진단과는 백팔십도 달랐다.

육체적인 부분이 아니라 오히려 심리적인 부분에 문제가 있었다는 원인을 찾아내는 데 성공했으니까.

어쨌든.

체력적으로는 전혀 문제가 없다고 태식이 강변했지만, 이철승 감독의 마음을 돌리기에는 역부족이었다.

그 결과, 태식은 여울 데블스와의 3연전 첫 경기 선발 라인업에서 배제됐다.

"결국… 빠졌군!"

선발 라인업에서 이름이 빠진 것을 확인한 후, 이철승 감독에게 서운한 마음이 전혀 없다면 거짓말이었다. 그렇지만 이철승 감독이 이런 선택을 내린 것이 이해가 가지 않는 것도 아니었다.

어느덧 정규 시즌도 막바지에 접어든 시점.

가을 야구 진출을 위해서는 한 경기, 한 경기의 승패가 모두 중요했다.

매 경기가 결승전이나 마찬가지인 상황.

이철승 감독도 심적 여유가 없었을 터였다.

"형!"

태식이 더그아웃에 앉아서 그라운드 쪽으로 시선을 던지고 있을 때, 용덕수가 풀 죽은 기색으로 다가왔다.

"이제 끝난 거겠죠?"

"응?"

"다신 포수 마스크를 쓰지 못하겠죠?"

오늘 경기 선발 라인업에서 배제된 것은 태식만이 아니었다.

용덕수도 선발 라인업에서 빠졌다.

태식을 대신해 그동안 지명타자로 경기에 출전했던 김대희가 3루수로 나섰고, 김대희가 한동안 맡았던 지명타자 자리에는 올 시즌에 주로 대타 요원으로 경기에 나서던 이승렬이 이름을 올렸다.

또, 용덕수를 대신해서 강만호가 다시 포수 마스크를 썼다.

큰 폭의 선발 라인업 변화.

그러나 이게 끝이 아니었다.

이철승 감독은 타순에도 변화를 주었다.

〈심원 패롯스 타순〉

1번. 이종도

2번. 임현일

3번. 김대희

4번. 이명기

5번. 헨리 소사

6번. 이승렬

7번. 강만호

8번. 최순규

9번. 임태규

우선 부상에서 복귀한 이후, 줄곧 하위 타순에 배치됐던 외국인 타자 헨리 소사를 중심 타선에 포진시켰다.

또, 파워를 갖추고 있는 이승렬을 6번 타순으로 배치해서 장타력을 강화시키기 위해 애썼다.

이철승 감독이 고심한 흔적이 느껴지는 조정된 타순.

그러나 태식은 큰 변화가 있는 심원 패롯스의 타순을 확인한 순간, 고개를 갸웃했다.

'장고(長考) 끝의 악수(惡手)가 아닐까?'

태식의 머릿속을 퍼뜩 스치고 지나간 생각이었다. 그리고 태식이 이철승 감독이 악수를 두었다고 판단한 데는 이유가 있었다.

'불균형!'

상하위 타선의 불균형은 심원 패롯스 타선이 올 시즌 내내 안고 있던 고질적인 문제 가운데 하나였다.

최근 들어 하위 타순에 포진됐던 헨리 소사와 김대희가 활약한 덕분에 그 약점이 어느 정도 지워진 듯 보였지만, 여전히 문제의 불씨는 남아 있었다. 그런데 이철승 감독이 장고 끝에 조정한 타순은 오히려 상하위 타선의 불균형이라는 문제를 더욱 도드라지게 만든 느낌이었다.

근래 들어 주로 6번과 8번 타순을 맡았던 김대희와 헨리 소사를 전진 배치해 중심 타선에 포진시킨 것.

클린업트리오의 파괴력을 극대화시키겠다는 이철승 감독의 의도가 기저에 깔려 있는 타순 변화였다,

그렇지만 가뜩이나 허약하던 하위 타선이 더욱 파괴력을 잃게 만드는 부작용을 초래할 가능성이 높았다.

물론 이철승 감독도 이 부분을 아주 간과하지는 않았다.

하위 타선에 힘을 싣기 위한 노력을 나름대로 기울였다.

올 시즌 주로 대타 요원으로 활약했던 이승렬과 3번 타순을 맡았던 최순규를 하위 타순에 포진시킨 것이 그 노력의 일환이었다.

그렇지만 이승렬은 아직 제대로 검증이 끝나지 않은 상태였고, 최순규는 최근 타격감이 좋지 않은 상태였다.

기존에 하위 타선에 포진한 채 활약했던 김대희와 헨리 소사에 비교한다면, 무게감과 파괴력이 한참 떨어지는 것이 사실이었다.

'만약 클린업트리오만 봉쇄한다면?'

머릿속에 떠오르는 생각에 태식이 표정을 굳혔을 때였다.

"역시 제 생각이 맞나 보네요."

용덕수가 꺼낸 말을 듣고 태식이 상념에서 깨어났다.

"웅? 무슨 소리야?"

"아무 대답이 없으신 것 보니까 제 짐작이 맞는 것 아닙니까?"

한숨을 푹 내쉰 용덕수가 재차 물었다. 답답한 표정을 짓고 있는 용덕수의 시선을 피하지 않은 채 태식이 물었다.

"초조해?"

"네? 네."

"서운해?"

"그게… 좀 그렇습니다."

감정을 숨기지 못하고 표정에 고스란히 드러내고 있는 용덕수를 확인한 태식이 고소를 머금었다.

용덕수가 최근 들어 갑작스레 부진에 빠진 이유는 심리적인 요인이 컸다.

"넌 아직 젊고, 앞으로 네게 남은 기회는 무척 많다. 그러니 너무 초조해하지도 말고, 서두르지도 마라."

그 사실을 잘 알고 있던 태식이 곁에서 줄곧 건넸던 조언이었다. 그러나 용덕수는 그 조언을 받아들이지 못했다.

아직 어린 선수였기 때문이다.

그리고.

오늘 경기에 태식과 용덕수를 선발 라인업에서 제외한 이철승 감독에게 서운함을 느끼는 것도 같은 이유였다.

경험이 풍부한 편인 태식도 못내 이철승 감독에게 서운함을 느끼고 있었는데, 용덕수는 오죽할까.

"덕수야, 인정하자."

"뭘 인정하자는 겁니까?"

"우리가 최근에 부진했기 때문에 선발 라인업에서 빠진 거야. 감독님에게 서운함을 느낄 필요가 없어."

"하지만……."

태식이 말을 마쳤지만, 용덕수의 표정은 밝지 않았다. 여전히 서운한 기색을 감추지 못한 채 말끝을 흐렸다.

트레이드를 통해 심원 패롯스로 이적한 후, 팀이 가장 어려운 순간에 좋은 활약을 펼쳤지 않았느냐?

그런데 고작 몇 경기 부진한 것 때문에 선발 라인업에서 제외하는 것은 너무 매정한 것이 아니냐?

용덕수가 하고 싶었던 말을 짐작한 태식이 덧붙였다.

"우린 대회와 만호와는 다르다."

"네?"

"프랜차이즈 스타가 아니잖아."

어쩌면 냉정하게 느껴질 수도 있는 말이었다. 그렇지만 태식은 빙빙 돌려 말하는 대신 직언을 날렸다.

용덕수가 지금 처해 있는 현실을 냉정하게 바라보게 만들기 위함이었다.

"네가 서운한 감정을 느끼는 것은 나도 이해한다. 그렇지만 이게 프로의 세계다. 성적이 부진하면 금세 잊히고 버려지는 거지."

한동안 꽃길을 걸었던 태식과 용덕수였다.

그렇지만 프로의 세계는 절대 만만치 않았고, 다시 가시밭길을 걸어야 한다는 사실을 깨달은 용덕수의 낯빛이 어두워진 것을 확인한 태식이 다시 입을 뗐다.

"그나마 다행인 것은 아직 기회는 남아 있다는 거야."

"정말… 기회가 남아 있을까요?"

태식이 위로하듯 말했지만, 용덕수는 여전히 불신 어린 시선을 던지고 있었다. 그러나 태식은 확신이 있었다.

"겨우 한 경기야."

"……?"

"고작 한 경기에서 선발 라인업에서 빠진 것뿐이라고. 우리가 1군 엔트리에서 제외된 것은 아니잖아?"

"그렇기는 하죠."

"우리가 필요하니까 1군 엔트리에 남겨졌다고 생각해."

이제야 어느 정도 수긍한 걸까.

마지못한 표정으로 고개를 끄덕이는 용덕수에게 태식이 힘주어 덧붙였다.

"분명히 기회는 찾아올 거야. 우리 팀이 가을 야구에 진출하기 위해서는 너와 나의 활약이 꼭 필요하니까."

＊　　　　　＊　　　　　＊

심원 패롯스와 여울 데블스의 3연전 첫 경기.

심원 패롯스는 연패를 끊어내야 한다는 절박함을 갖고 있었고, 여울 데블스는 5위인 마경 스왈로우스의 맹추격을 뿌리치고 3위인 중앙 드래곤즈와의 격차를 좁히겠다는 뚜렷한 목표가 존재했다.

양 팀 모두에게 중요한 일전.

그런 만큼, 두 팀은 모두 에이스들을 선발투수로 내세웠다.

톰 하디 VS 네이션 밀러.

오늘 경기 선발 라인업에서 제외됐기에 더그아웃에서 경기를 지켜보고 있던 태식이 슬쩍 눈살을 찌푸렸다.

"볼넷!"

1회 말, 여울 데블스의 리드오프인 배상우와의 첫 대결에서부터 톰 하디는 고전했다.

오딱이!

리그 최고의 리드오프로 손꼽히는 배상우의 이름 앞에 붙은 별명이었다.

몇 번을 넘어져도 금세 다시 일어나는 오뚝이와 장타는 많지 않지만 정교한 타격을 하는 똑딱이라는 두 단어를 합친 용어!

오딱이는 배상우에게 딱 어울리는 별명이었다. 그리고 그는 첫 타석부터 자신의 진가를 발휘했다.

틱! 틱!

잇따라 커트를 해 내면서 무려 11구까지 이어진 긴 승부 끝에 결국 볼넷을 얻어서 1루로 걸어 나갔다.

"Fuck!"

자신의 투구, 그리고 무려 11구까지 이어진 배상우와의 길었던 승부 결과가 마음에 들지 않아서일까?

스스로에게 화가 나서 욕설을 내뱉는 톰 하디의 입 모양을 확인한 순간, 태식의 표정이 어두워졌다.

"좋지 않아!"

만약 배상우를 상대로 아웃 카운트를 잡아냈다면?

비록 투구 수가 늘어났더라도 톰 하디가 입은 타격은 덜했으리라.

그러나 11구까지 가는 긴 승부 끝에 결국 배상우를 볼넷으로 내보낸 탓에 허무함이 더 큰 듯 보였다.

"차라리 안타를 맞는 게 나았어!"

짧은 승부 끝에 안타를 허용한 것보다 훨씬 안 좋은 결과였다.

이제 막 경기가 시작한 상태였지만, 벌써부터 흥분한 기색이 역력한 톰 하디가 불안하게 느껴졌다. 그리고 톰 하디의 고전은 이제 시작이었다.

슈아악!

2번 타자인 여호령을 상대로 톰 하디가 던진 초구는 직구였다.

바깥쪽 높은 코스로 날아든 직구.

제구가 뜻대로 되지 않은 것은 아니었다.

타다다닷.

배상우가 도루 시도를 할 것이라 판단하고, 일부러 피치아웃 작전을 편 것이었다. 그러나 일찌감치 스타트를 끊으면서 마치 도루를 시도할 것처럼 보였던 배상우는 다시 1루로 귀루해 있었다.

"너무 신경 쓰고 있어!"

태식이 이철승 감독을 힐끗 살폈다.

이번 피치아웃은 벤치에서 나온 지시였다.

올 시즌 리그 도루 2위에 올라 있는 배상우의 빠른 발을 의식해 지시한 작전!

'한 점 승부라고 생각하고 있어!'

양 팀 모두 에이스들을 투입한 맞대결인 만큼, 이철승 감독은 오늘 경기를 한 점 승부라고 판단하고 있는 듯했다. 그래서 1루 주자인 배상우가 2루를 훔치지 못하도록 묶어야 한다는 강박에 사로잡혀 있는 것이었다.

이철승 감독을 바라보던 태식이 고개를 돌려 포수 마스크를 쓴 강만호를 살폈다.

오래간만에 포수 마스크를 쓴 강만호는 1루 주자인 배상우에게 신경을 쓰느라 타자와의 승부에 제대로 집중하지 못하고 있었다.

'과할 정도로 신경을 쓰고 있어!'

피치아웃으로 인해 결과적으로는 아까운 볼 하나만 날린 상황이었다.

태식이 우려 섞인 시선을 던지고 있을 때, 톰 하디와 여호령의 승부가 이어졌다.

슈아악!

톰 하디가 던진 2구는 커브.

여호령은 번트 모션을 취했다가 스트라이크존을 벗어난 낮은 공임을 확인하고 다시 배트를 거두어들였다.

"볼!"

투 볼 노 스트라이크.

순식간에 불리한 볼카운트로 몰려 버린 톰 하디가 스트라이크를 집어넣기 위해서 3구째로 한가운데 직구를 던졌다.

그 순간, 여호령의 배트가 매섭게 돌아갔다.

따악!

경쾌한 타격음과 함께 타구가 총알같이 날아갔다. 1루수의 키를 훌쩍 넘긴 타구가 라인 선상에 떨어졌다.

"파울!"

아아!

타구의 낙하지점을 눈으로 좇던 1루심이 양팔을 가로로 벌리며 파울을 선언한 순간, 여울 데블스 홈 팬들에게서 탄식이 터져 나왔다.

만약 50㎝ 정도만 안으로 들어왔다면, 파울이 아닌 페어가 선언됐을 타구였다.

최소 2루타 코스.

1루 주자인 배상우의 빠른 발을 감안한다면 충분히 선취 득점을 올릴 수 있었던 기회가 무산된 것으로 인해 아쉬움을 토해낸 것이었다.

반면 톰 하디는 안도의 한숨을 내쉬었다.

투 볼 원 스트라이크.

방금 전, 하마터면 적시타가 될 뻔했던 잘 맞은 타구를 허용했던 터라 경각심을 품은 톰 하디는 여호령과 쉽게 승부하지 못했다.

슈아악!

여호령의 헛스윙을 이끌어내기 위해서 포크볼을 던졌지만, 여호령은 선구안이 뛰어난 편이었다.

스트라이크존으로 들어오는 듯하다가 마지막 순간에 뚝 떨어지는 포크볼에 배트를 내밀지 않고 참아냈다.

타다다닷!

그리고 1루 주자인 배상우는 직구 승부를 하지 못할 것을 간파한 듯 과감하게 스타트를 끊고 도루를 시도했다.

강만호가 원 바운드로 들어온 포크볼을 간신히 포구해 낸 후 2루로 빠르게 송구했다. 그렇지만 헤드 퍼스트 슬라이딩을 한 배상우의 손은 송구가 2루수의 글러브에 도착하기도 전에 이미 베이스에 닿아 있었다.

"세이프!"

배상우의 도루 시도가 성공하면서 무사 1루에서 무사 2루로 상황이 바뀌었다.

배상우의 빠른 발과 능숙한 주루 플레이 능력을 감안한다면, 짧은 안타 하나만 허용해도 실점할 수 있는 상황으로 바뀐 셈이었다.

허를 찔려 버린 톰 하디의 평정심이 흔들렸다.

"볼넷!"

결국 여호령에게 또 한차례 볼넷을 허용하면서, 1회 말의 상황은 더욱 악화됐다.

2. 감독 야구

　무사 1, 2루의 찬스에서 타석에 들어선 것은 3번 타자 임훈기.

　여울 데블스의 감독인 이만술의 선택은 보내기번트가 아니었다. 번트 모션을 취하지 않고 있는 임훈기를 상대로 톰 하디가 초구를 던졌다.

　슈아악!

　딱!

　임훈기는 바깥쪽 직구를 힘들이지 않고 가볍게 밀어 쳤다.

　2루수 정면으로 굴러가는 평범한 땅볼 타구.

　병살타 코스였다. 그러나 1루 주자였던 여호령의 스타트가 워낙 빨랐던 터라, 병살 플레이로 이어지지 않았다.

'히트 앤 런!'

이만술 감독이 지시한 히트 앤 런 작전 덕분에 병살 플레이를 막아낸 셈이었다.

결과적으로는 임훈기의 타구가 진루타가 되면서 1사 2, 3루로 상황이 바뀐 순간, 타석으로 여울 데블스의 4번 타자인 제이슨 베리텍이 들어섰다.

타율 0.348.

현재까지 타율 부분 리그 4위를 달리고 있는 제이슨 베리텍은 중·장거리형 타자였다. 그리고 장타력과 정교함을 동시에 자랑하는 제이슨 베리텍은 이만술 감독의 기대에 부응했다.

따악!

톰 하디의 4구째 바깥쪽 직구를 힘들이지 않고 받아친 제이슨 베리텍의 타구는 높은 포물선을 그리며 펜스 앞까지 날아갔다.

우익수인 이종도가 낙하지점을 포착하고 일찌감치 도착해서 펜스 바로 앞에서 타구를 잡아냈다.

그렇지만 타구가 워낙 깊었던 탓에 홈 승부는 무리였다. 그리고 발 빠른 2루 주자인 여호령이 태그업을 해서 3루에 안착하는 것도 저지하지 못했다.

0 : 1.

여울 데블스는 가볍게 선취점을 얻어냈다. 그리고 여울 데블스의 찬스는 아직 끝난 것이 아니었다.

2사 3루 상황에서 타석에 들어선 5번 타자 장영운은 쉽게 물러나지 않고 경기 초반부터 흔들리고 있는 톰 하디를 끈질기게 괴롭혔다.

어느덧 풀카운트까지 이어진 승부.

틱! 틱!

장영운은 톰 하디가 던진 유인구를 잇따라 침착하게 커트해 낸 후, 높게 형성된 몸 쪽 직구를 놓치지 않았다.

따악!

장영훈이 때린 타구가 투구의 앞으로 향했다. 톰 하디가 본능적으로 글러브를 뻗었지만, 타구를 잡아내기는 역부족이었다.

틱!

글러브 끝을 맞은 타구의 방향이 바뀌었다.

2루수가 글러브 끝을 맞고 굴절된 타구를 잡아내기 위해 대시했지만, 타자 주자를 잡아내기에는 너무 늦어 있었다. 행운이 섞인 내야안타를 만들어 낸 장영운이 1루에 도착한 후 주먹을 불끈 움켜쥐었다.

0 : 2.

또 실점을 허용한 순간, 톰 하디가 거칠게 콧김을 내뿜었다.

툭.

로진백을 신경질적으로 내던진 톰 하디가 6번 타자 김인수를 상대로 초구를 던진 순간이었다.

타다다닷!

장영운이 과감하게 스타트를 끊으며 도루를 시도했다.

벌떡 일어난 강만호가 던진 송구는 높았고, 헤드 퍼스트 슬라이딩을 시도한 장영운은 여유 있게 세이프가 됐다.

가볍게 2루 도루에 성공한 장영운이 베이스 위에 올라선 채 헤드 퍼스트 슬라이딩을 하느라 흙이 묻어 있는 유니폼을 털어냈다.

더그아웃에서 그 일련의 과정들을 지켜보던 태식이 작게 혼잣말을 꺼냈다.

"강하다. 그리고 완벽하게 당했다!"

현재 리그 4위에 올라 있는 여울 데블스는 강팀이었다.

비록 이만술 감독이 새롭게 부임한 후 우승과는 아직 인연을 맺지 못했지만, 지난 2년간 꾸준히 상위권에 머물며 가을 야구에 진출했었다. 그리고 올 시즌에도 가을 야구 진출이 유력한 상황이었다.

여울 데블스가 강팀의 면모를 보이고 있는 가장 큰 요인은 두 가지.

우선 팀의 짜임새가 훌륭했다.

전문가들로부터 공수의 짜임새가 모두 좋다는 평을 받는 여울 데블스는 리그에서 수비 실책이 가장 적었다.

실책 개수에서 알 수 있듯이 수비가 견고한 것은 물론이고, 타선의 짜임새도 무척 안정되어 있었다.

예기치 못한 부상으로 인해 선수가 엔트리에서 빠지지 않는 이상, 여울 데블스의 선발 라인업은 바뀌지 않는 편이었다. 그리고 타순에도 거의 변화가 없었다.

KBO 리그 최강으로 손꼽히는 테이블 세터진인 배상우와 여호령이 부지런히 밥상을 차려서 득점 기회를 만들면, 중심 타선에 포진한 임훈기와 제이슨 베리텍, 장영운이 찬스를 놓치지 않고 득점을 올린다.

올 시즌 여울 데블스의 주요 득점 루트.

이 득점 루트는 마치 공식처럼 자리를 잡고 있었다.

여울 데블스가 강팀의 면모를 보이는 또 하나의 요인은 이만술 감독이었다.

감독 야구의 신봉자!

이만술 감독이 오랫동안 쌓아온 이미지였다.

철저한 분석을 통해서 상대 팀의 약점을 찾아낸다. 그리고 상대의 약점을 파고드는 허를 찌르는 작전을 펼쳐 경기 승리를 따낸다.

이것이 이만술 감독이 추구하는 야구 스타일이었다.

─지나치게 독선적이고, 효율을 너무 중시한 탓에 재미없는 야구를 펼친다.

이런 날 선 비판들이 그에게 자주 쏟아졌지만, 이만술 감독은 성적으로 그 비난들을 잠재워 왔다.

그렇지만 이만술 감독에게도 위기가 없었던 것은 아니었다.

우송 선더스를 이끌던 시절, 이만술 감독은 2년 연속 가을 야구에 진출했다. 그러나 최종 성적은 준우승과 3위에 그쳤다. 또, 감독 부임 3년 차에는 정규 시즌을 6위로 마치면서 가을 야구 진출마저도 실패했었다.

—현대 야구 스타일과 맞지 않다.

가뜩이나 마이웨이식의 독선적인 팀 운영으로 팬들로부터 많은 비난을 받았던 이만술 감독이었다.

그동안 성적으로 숱한 비난들을 잠재워 왔지만, 우송 선더스의 성적마저 추락하자 불만을 품은 팬들이 거세게 들고 일어났다. 그리고 프런트와도 심각한 갈등을 겪으며 이만술 감독은 결국 우송 선더스의 감독직을 사임했다.

그 후, 한동안 야인으로 떠돌았던 이만술 감독은 3년 전에 여울 데블스의 신임 감독으로 부임했다.

매 시즌 하위권을 맴돌았던 여울 데블스는 이만술 감독의 부임 이후, 팀 리빌딩에 성공을 거두며 서서히 강팀으로 변모하기 시작했다.

그리고 지난 실패가 약이 됐기 때문일까?

여울 데블스의 신임 감독으로 취임한 이만술 감독은 서두르지 않았다.

자신이 추구하는 감독 야구에 어울리는 팀을 만들기 위해서 꾸준히 선수를 영입하고, 유망주를 키워내며 팀을 리빌딩했다.

그런 이만술 감독의 꾸준한 노력의 결과가 바로 이번 시즌의 여울 데블스였다.

이만술 감독은 FA 시장에서 배상우를 영입하고, 만년 유망주라고 평가받던 임훈기의 기량을 만개시켰다.

또, 재작년 신인 드래프트에서 1순위로 영입한 여호령에게 프로 경험을 쌓을 기회를 충분히 부여하면서 성장시켜서 배상우와 함께 리그 최고의 테이블 세터진을 구축했고, 트레이드를 통해서 정교함과 장타력을 모두 갖춘 장영운을 영입했다. 그리고 화룡점정은 외국인 타자 제이슨 베리텍의 영입이었다.

총액 150만 달러.

거액의 연봉을 제시하고, 단장이 직접 두 차례나 미국으로 날아가서 만났을 정도로 끈질긴 구애를 펼친 덕에 여울 데블스가 메이저리그 출신 타자인 제이슨 베리텍을 얻었다고 알려졌다. 그렇지만 일각에서는 메이저리그에서 45인 로스터 합류가 유력했던 제이슨 베리텍을 영입키 위해서 300만 달러 이상의 연봉을 약속했다는 소문도 떠돌았다.

어쨌든.

공수주가 모두 뛰어난 제임스 베리텍의 영입으로 여울 데블스의 중심 타선은 비로소 완성됐다. 그리고 원하던 선수로 팀 구성을 마치고 난 후, 이만술 감독이 펼치는 감독 야구는 더욱 빛을 발하고 있었다.

'우리 팀의 약점을 완벽히 간파했어!'

여울 데블스와의 3연전을 앞두고 선발 라인업에 큰 변화를 준 심원 패롯스를 이만술 감독은 철저하게 분석했다. 그리고 심원 패롯스가 안고 있는 약점과 불안 요소를 완벽하게 파악하는 데 성공했다.

'강만호!'

이만술 감독이 심원 패롯스의 불안 요소라고 판단한 것은 강만호였다.

리그 최고의 공격형 포수 중 한 명으로 손꼽혔던 강만호는 원래 수비보다 공격에 강점을 가진 편이었다. 그리고 최근 대타자로 주로 출전했던 강만호는 용덕수가 선발 라인업에서 빠진 탓에 무척 오래간만에 포수 마스크를 썼다.

강만호의 경기 감각이 떨어져 있을 거라고 판단한 이만술 감독은 그 약점을 집중적으로 공략했다.

길었던 승부 끝에 볼넷을 얻어 1루로 걸어 나간 배상우는 언제든지 2루 베이스를 훔칠 수 있다는 듯 리드 폭을 늘리며 강만호의 신경을 곤두서게 만들었다.

여호령과 상대할 때 초구부터 피치아웃을 하게 만들어 톰 하디의 부담을 늘렸을 뿐만 아니라, 결국 도루를 성공시켜 강만호를 흔들었다. 그리고 강만호가 흔들리기 시작하자, 톰 하디도 자연스레 흔들렸다.

장영운에게 적시타를 허용한 데다가, 그에게 또 한 번 도루를 허용하며 배터리는 크게 동요했다.

이것이 이만술 감독의 분석이 정확했다는 증거.

딱!

김인수를 상대로 유격수 앞 내야 땅볼을 유도해 내며 길었던 1회 말이 마무리된 순간, 태식이 고개를 돌렸다.

제대로 허를 찔렸기 때문일까?

이철승 감독의 표정이 딱딱하게 굳어져 있는 것이 보였다.

'반격이 가능할까?'

태식이 두 눈을 빛내며 경기를 계속 주시했다.

1회 초를 삼자범퇴로 가볍게 처리한 네이션 밀러는 2회 초에 첫 위기를 맞이했다.

심원 패롯스의 4번 타자인 이명기와 5번 타자인 헨리 소사에게 연속 안타를 허용해 무사 1, 2루의 위기에 몰렸다.

헨리 소사를 5번 타순에 배치해서 클린업트리오의 파괴력을 극대화시키겠다는 이철승 감독의 구상이 어느 정도 맞아 떨어진 셈이었다.

무사 1, 2루의 찬스에서 타석에 들어선 것은 지명타자 이승렬.

이철승 감독은 보내기번트를 지시했다.

틱!

그렇지만 이승렬은 벤치의 작전을 제대로 수행하지 못했다.

"파울!"

초구와 2구에 잇따라 번트를 댔지만 두 차례의 번트 타구 모두 파울이 됐다.

노 볼 투 스트라이크.

쓰리번트를 감행하는 것은 너무 위험하다고 판단을 내린 이철승 감독은 결국 강공으로 전환하라는 지시를 내렸다.

진루타가 필요한 상황.

그렇지만 이승렬은 이철승 감독의 기대에 끝내 부응하지 못했다.

"스트라이크아웃!"

네이션 밀러가 구사한 체인지업에 헛스윙을 하며 이승렬은 허무하게 삼진으로 물러났다.

'심원 패롯스와 여울 데블스의 차이!'

아쉬운 표정으로 더그아웃으로 돌아오고 있는 이승렬을 바라보던 태식이 퍼뜩 떠올린 것이었다.

똑같은 무사 1, 2루의 찬스 상황에서 두 팀의 차이가 드러났다.

여울 데블스는 임훈기가 이만술 감독이 지시한 작전을 충실히 수행하며 진루타를 쳐낸 반면, 심원 패롯스는 이승렬이 진루타를 쳐내지 못했다.

그리고 또 하나의 차이는 후속 타자의 무게감이었다.

1사 1, 2루 상황에서 7번 타자 강만호가 타석에 들어섰다. 그러나 강만호는 2루 주자를 홈으로 불러들이는 적시타를 때려내지 못했다.

딱!

오히려 유격수 정면으로 향하는 병살타를 때려 찬스를 무산시켰다.

'타석에서 집중하지 못했어!'

대타자로 나설 때와는 달랐다.

안방마님으로 팀을 이끌어 가야 한다는 부담감이 가뜩이나 큰 상황인데, 1회부터 거듭된 도루 시도와 도루 저지 실패로 강만호는 이미 혼이 반쯤 빠져나간 상황이었다.

그러니 어찌 타석에서 집중할 수 있을까?

"졌다!"

이제 겨우 2회였다.

아직 경기 초반이었지만, 태식은 오늘 경기에서 심원 패롯스의 패배를 직감했다. 그리고 태식의 예상은 적중했다.

3. 비가 오면 좋겠다

최종 스코어 0 : 2.

여울 데블스가 1회 말에 뽑아낸 2점이 결국 결승점이 됐다. 심원 패롯스는 단 한 점도 만회하지 못하고 영봉패를 당했다.

딱!

8번 타자 최순규가 때린 타구는 높이 솟구쳤다.

내야를 벗어나지 못한 최순규의 타구가 2루수에게 잡히며 경기 패배가 확정된 순간, 태식이 고개를 돌렸다.

"덕수야."

"네."

"어떻게 봤냐?"

"앉아서 봤습니다."

예상치 못했던 대답이 돌아온 순간, 태식이 두 눈을 가늘게 좁혔다.

"농담한 거냐?"

"아닌데요. 진짜 앉아서 봤는데요."

"……?"

"그러니까 제 말뜻은 경기가 끝날 때까지 한 번도 일어서지 않았을 정도로 긴장감이 없었다는 뜻이었습니다."

용덕수가 덧붙인 부연을 듣고서야 태식이 고개를 끄덕였다. 그의 말대로 오늘 경기는 일방적이었다.

고작 2점차에 불과했던 최종 스코어.

얼핏 살피면 접전처럼 느껴졌다.

그러나 착시 효과일 뿐이었다.

심원 패롯스는 오늘 경기 내내 단 한 번도 제대로 된 득점 기회를 잡지 못했다. 그나마 2점차로 경기가 끝날 수 있었던 것은 에이스인 톰 하디의 혼신의 힘을 다한 역투와 6회에 나온 김대희의 호수비 덕분이었다.

"우승 후보야!"

"네?"

"여울 데블스가 우승 후보라고 느껴질 정도로 강하단 뜻이야."

여울 데블스의 현재 순위는 리그 4위.

압도적인 강팀의 면모를 선보이지는 못하고 있었다. 그러나 좀 더 자세히 뜯어보면 다른 점이 보였다.

리그 공동 5위.

전반기가 끝났을 때, 여울 데블스의 성적이었다. 그러나 후반기로 접어든 이후, 여울 데블스의 성적은 꾸준히 상승 곡선을 그리고 있었다.

결국 리그 4위로 순위가 한 단계 상승했을 뿐만 아니라, 선두를 달리고 있는 대승 원더스와의 승차도 5게임에 불과할 정도로 격차를 좁히는 데 성공했다.

'강해졌어!'

전반기와 후반기.

여울 데블스는 전혀 다른 팀으로 바뀌어 있었다.

시즌이 진행되면서 팀이 점점 완성되어 가는 느낌이랄까.

그리고 태식이 리그 4위에 불과한 여울 데블스를 우승 후보로 점찍은 것에는 하나의 이유가 더 있었다.

이만술 감독.

타고난 승부사라는 평가답게 이만술은 감독으로서의 능력이 있었다.

만약 단기전에 돌입하면 이만술 감독의 경험과 승부사 기질은 더욱 빛을 발할 것이란 확신이 들었다.

용덕수에게로 향해 있던 시선을 뗀 태식이 이철승 감독을 바라보았다.

경기가 끝났음에도 이철승 감독은 자리에서 일어서지 않았다.

바르르.

감독석에 앉아 있는 이철승 감독이 꽉 움켜쥔 주먹이 가늘게 떨리는 모습이 들어왔다.

'많이 분하신가 보군!'

프로야구 감독에게 있어 모든 패배는 아쉬운 법이었다. 또, 모든 패배에는 각기 다른 이유가 존재하는 법이었다.

오늘 경기 심원 패롯스의 패배 요인으로는 여러 가지가 있었지만, 가장 큰 요인은 역시 감독의 역량 차이였다.

이철승 감독이 고심 끝에 용단을 내리고 띄운 승부수인 선발 라인업 변화와 타순 조정은 결과적으로 실패로 돌아갔다.

반면 이만술 감독은 이철승 감독이 띄운 승부수의 약점을 재빠르게 간파하고 공략해서 일방적인 승리를 거두었다.

'강만호, 그리고 상하위 타선의 불균형!'

이만술 감독이 철저한 분석 끝에 찾아낸 심원 패롯스의 약점이었다. 그리고 그는 이 약점을 집요하게 파고들었다.

경기 초반부터 과감한 작전을 펼쳐서 수비에 대한 부담을 안고 있는 강만호를 흔들며 선취점을 뽑아내는 데 성공한 이만술 감독은 오늘 경기에서 승리를 거두는 데 1회 말에 올린 2점이면 충분하다고 판단했다.

팀의 에이스인 네이션 밀러의 구위를 믿었고, 상하위 타선의 불균형이라는 심원 패롯스 타선의 약점을 간파했기 때문이다.

'착각하고 있었어!'

오늘 경기 결과로 충격을 받은 것은 이철승 감독만이 아니었다. 더그아웃에서 경기를 지켜보았던 태식도 큰 충격을 받았다.

'이 정도면 우승이 가능하지 않을까?'

김대희와 강만호가 타격 슬럼프에서 벗어날 조짐을 보이고, 길었던 재활을 마친 헨리 소사가 그라운드에서 복귀했을 때, 태식은 막연하게 심원 패롯스가 우승도 가능한 전력이 아닐까 하는 생각을 떠올렸었다.

그러나 오판이었다.

여울 데블스와 맞붙고 나서, 태식은 당시에 내렸던 판단이 틀렸음을 확실히 깨달았다.

'넘을 수 있을까?'

태식의 표정이 심각해졌다.

내심 바라고 있는 심원 패롯스의 우승을 위해서는 결국 여울 데블스라는 큰 산을 넘어야 했다. 그러나 지금 심원 패롯스의 전력으로는 어렵다는 생각이 들었다.

'나와 덕수가 살아난다면?'

최근 들어 타격 슬럼프에 빠졌던 자신과 용덕수가 살아난다면, 한번 해볼 만하지 않을까 하는 생각을 했던 태식이 이내 고개를 흔들었다.

'부족해!'

역부족이란 생각이 든 순간, 태식이 고개를 들었다. 그리고 먹구름이 모여들고 있는 밤하늘을 올려다보면서 입을 뗐다.

"기상청의 예보가 맞았으면 좋겠다."

"네?"

"내일은 비가 오면 좋겠다는 뜻이야."

"비가 오면 뭐가 달라지는데요?"

용덕수의 질문을 받은 태식이 대답했다.

"선발 라인업에 복귀할 수 있을 거야."

＊　　　　＊　　　　＊

쏴아아!

거센 비가 쏟아졌다.

아침부터 조금씩 흩뿌리기 시작하던 가는 빗줄기는 오후가 되면서 점점 더 굵어졌다.

우천 취소!

아직 경기 심판관이 우천 취소 결정을 내리기 전이었지만, 이철승은 오늘 경기가 우천으로 인해 취소될 것을 경험을 통해 알고 있었다.

"다행… 인가?"

더그아웃에서 빗줄기가 쏟아지는 그라운드를 바라보고 있던 이철승이 작게 혼잣말을 꺼냈다.

팀이 연패에 빠져 있는 상황, 그리고 상대는 후반기에 접어들며 더욱 강팀으로 변모한 여울 데블스였다. 그래서 우천으로 경기가 취소되며 하루 휴식일이 주어지는 것이 다행이란 생각이 들었다.

"악마라!"

이철승이 작게 혼잣말을 되뇌였다.

우연일까?

데블스라는 팀명과 경기를 펼치는 스타일이 무척 잘 어울린다는 생각이 이철승의 머릿속을 퍼뜩 스치고 지나갔다.

상대를 철저히 분석해 약점을 파악한다. 그리고 한번 문 약점은 집요하게 놓지 않고 상대가 쓰러질 때까지 물어뜯는다.

여울 데블스의 이만술 감독과 그가 이끄는 선수들이 경기를 펼치는 방식이었다.

그 방식이 흡사 악마와 닮았다는 느낌을 받은 이철승이 절레절레 고개를 흔들었다.

악마를 꼭 닮은 이만술 감독의 경기 방식이 진짜 무서운 이유는 다시 상대하는 것을 두렵게 만든다는 것이었다.

'또 어떤 약점을 찾아내서 물어뜯을까?'

이만술 감독이 가늘게 찢어진 눈을 희번득거리며 탐색하듯 자신을 노려보는 느낌이 들었다. 그래서 이철승의 등줄기가 서늘하게 변했다.

"이대로는… 답이 없다!"

이철승이 장고 끝에 결단을 내렸던 선발 라인업 변화와 타순 조정은 결국 실패로 막을 내렸다.

'똑같은 라인업으로 경기에 나선다면?'

이만술 감독은 심원 패롯스의 약점을 다시 집요하게 물고 늘어질 것이었다. 그리고 지난 경기와는 또 달랐다.

이미 한번 경험을 해보았기에 더 많은 약점을 찾아내서 공략하기 위한 시도를 할 것이 틀림없었다.

"하루!"

오늘 경기가 우천으로 인해 취소가 될 터이니, 덕분에 하루의 시간을 더 번 셈이었다. 그러나 하루는 결코 긴 시간이 아니었다.

고작 하루 뒤, 다시 이만술 감독이 이끌고 있는 여울 데블스와 경기를 치러야 했다.

그뿐이 아니었다. 우천으로 경기가 취소됐으니, 정규 시즌 막바지에 여울 데블스와 한 차례 경기를 더 치러야 했다.

"다행이… 아닌가?"

이만술 감독이 이끌고 있는 여울 데블스는 재작년에 비해 작년이, 그리고 작년에 비해 올해 더 강해져 있었다.

또, 올 시즌에도 전반기에 비해서 후반기에 더 강한 팀으로 바뀌어 있었다.

부임 3년 차에 접어들며 이만술 감독은 본인의 철학인 감독 야구를 펼치기에 최적화된 조합으로 팀을 리빌딩하는 데 성공했고, 선수들도 시간이 흐르면서 이만술 감독의 스타일과 작전을 완벽히 이해하고 주어진 역할에 맞는 플레이를 펼치기 때문에 발생한 긍정적인 변화였다.

그런 이유로 지금 상대하는 여울 데블스에 비해 정규 시즌 막바지에 다시 마주하게 될 여울 데블스는 더 무서운 팀이 되어 있을 가능성이 높았다.

"더 어려워지겠군!"

해서 표정을 굳히고 있던 이철승이 이내 고개를 흔들었다.

아직 훗날의 이야기.

미리 걱정한다고 해서 달라질 것이 없었다. 일단은 내일 펼치게 될 현재의 여울 데블스와 상대할 방법을 찾는데 집중해야 했다.

"선발 라인업을 조정해야 해!"

프로야구 감독 이철승.

야구인들이 꼽는 감독 이철승의 가장 큰 장점이자 단점은 고집이 세지 않다는 것이었다.

자신의 실수를 인정하지 않고 계속 고집을 피우기보다 이철승은 빠르게 실수를 인정하고 보완책을 찾는 편이었다.

지금도 마찬가지였다.

이철승은 어제 경기를 통해서 자신의 실수를 인정하고, 선발 라인업을 조정할 생각을 갖고 있었다.

"만호는… 아직 준비가 안 됐어!"

결과적으로는 용덕수를 선발 라인업에서 배제하고 강만호에게 포수 마스크를 씌웠던 것이 가장 큰 패인이었다.

팀의 공격력을 강화하기 위한 고심 끝의 선택이었는데, 그 목적을 달성하는 데 실패했다.

4타수 무안타.

강만호가 타석에서 남긴 기록이었다.

최근 대타자로 자주 등장해서 결정적인 순간에 적시타를 잇따라 때려내며 맹활약했던 강만호였지만, 주전 포수로 선발 라인업에 복귀하자 빈타에 허덕였다.

그 이유는 수비 부담이 컸기 때문이다.

결국 용덕수를 선발 라인업에서 제외하고 강만호에게 주전 포수 자리를 맡긴 것은 공수 모두에서 악재(惡材)가 된 셈이었다.

"승렬이를 지명타자로 내세운 것도 패착이었어."

이철승이 자책을 이어나갔다.

올 시즌 주로 대타자로 출전했던 이승렬을 지명 타자로 기용했다.

역시 공격력을 강화시키기 위한 선택.

그렇지만 이승렬도 강만호와 마찬가지로 타석에서 무안타로 부진했다. 그리고 이철승이 둔 패착은 여기서 끝이 아니었다.

클린업트리오의 파괴력을 높이기 위해서 김대희와 헨리 소사를 3번과 5번 타순에 포진시켰었다. 그러나 네이션 밀러가 의식적으로 클린업트리오와 승부를 어렵게 가져가면서 원하던 결과는 얻지 못했다.

오히려 하위 타순을 너무 약하게 만드는 부정적인 결과만 초래했다.

실제로 어제 경기에서 여울 데블스의 선발투수였던 네이션 밀러는 손쉽게 심원 패롯스의 하위 타순을 상대했다.

마치 쉬어가는 느낌이랄까.

하위 타순과 쉽게 승부한 것이 네이션 밀러가 8이닝까지 무실점으로 막아내는 호투를 펼친 원동력이었다

"일단 용덕수를 선발 라인업에 복귀시킨다!"

이미 실전 감각이 부족한 강만호에게 포수 마스크를 씌운 것이 본인의 패착이라고 인정한 만큼, 이철승은 용덕수를 다시 선발 라인업에 복귀시키는 결단을 내렸다.

그렇지만 딱 여기까지였다.

밤새 고민해 봤지만, 어떤 식으로 팀에 변화를 주어야 최선이 될지 이철승은 아직 답을 찾아내지 못한 상태였다.

후우!

답답한 마음에 이철승이 길게 한숨을 내쉬었을 때였다.

"감독님."

인기척을 느끼고 이철승이 고개를 돌렸다. 그리고 곁으로 다가와 있는 김태식의 모습을 발견한 이철승이 물었다.

"무슨 일이야?"

"고민이 많으시죠?"

이철승이 쓴웃음을 머금었다.

이런 경우가 이번이 처음이 아니었다.

이미 여러 차례 경험이 있었기에 이철승이 의아한 시선을 던지는 대신 곧바로 질문을 던졌다.

"또 내 속내를 읽었나?"

"그건 아닙니다."

"그럼?"

"감독님의 심각한 표정과 깊은 한숨을 통해 유추했을 뿐입니다."

"그래? 그럼 내가 무엇 때문에 고민하고 있는가도 유추할 수 있나?"

"가능할 것 같습니다."

"그럼 맞춰보게."

"저 때문이죠."

김태식에게서 돌아온 대답을 들은 이철승이 속으로 혀를 내둘렀다.

이번에도 정답이었기 때문이다.

여울 데블스와의 3연전을 앞두고 선발 라인업에 대폭의 변화를 주고 타순을 조정한 것에는 김태식과 용덕수가 최근 부진한 영향이 컸다.

특히 김태식의 예기치 못했던 부진이 결정적이었다.

"그럼 내 고민을 해결해 줄 방법도 알고 있나?"

"결자해지죠."

"결자해지?"

결자해지(結者解之).

일을 저지른 사람이 그 일을 해결해야 한다는 뜻의 사자성어였다.

즉, 김태식이 고민을 안겼으니, 직접 그 고민을 해결해 주겠다는 의미였다.

"무슨 수로?"

"푹 쉬었습니다."

"응?"

"어제 쉬었고, 오늘까지 푹 쉬고 나면 체력적인 문제는 없을 겁니다."

"고작 이틀 쉬었을 뿐인데……."

"돌도 씹어 먹을 나이인데요, 뭘."

김태식이 던진 말을 들은 이철승이 속으로 코웃음을 쳤다.

서른일곱이란 나이는 돌을 씹어 먹긴커녕, 소화가 잘 안 되는 밀가루 음식을 먹을 때도 조심해야 하는 나이였다.

"아직 끝이 아닙니다."

"끝이 아니라니?"

"여울 데블스와 대결에서 승리를 거둘 수 있는 비책도 찾아왔습니다."

'정말… 일까?'

김태식의 목소리는 자신만만했다.

그렇지만 이철승은 불신 어린 시선을 던졌다.

자신이 불면의 밤을 보내면서 고민했음에도 여태까지 찾아내지 못했던 비책이었기 때문이다.

그러나 한편으로는 기대가 됐다. 그 이유는 김태식이 지금껏 했던 말들을 대부분 지켰기 때문이다.

결국 호기심을 이기지 못한 이철승이 먼저 물었다.

"어떤 비책인가?"

김태식이 대답 대신 태블릿PC를 앞으로 내밀었다.

"먼저 이것부터 보시죠."

"이게 뭐지?"

태식이 대답하는 대신, 재생 버튼을 눌렀다.

태블릿PC 화면에는 여울 데블스와 심원 패롯스가 펼쳤던 어제 경기의 영상이 재생되기 시작했다.

"2사 1, 2루의 득점 찬스에서 타석에는 5번 타자 장영운 선수가 들어섰습니다. 장영운 선수, 최근 타격감이 아주 좋은 편이죠. 지난 다섯 경기 타율이 3할 5푼대, 득점권 타율은 무려 4할을 넘기고 있습니다. 그리고 오늘 경기에서도 1회에 추가 득점을 올리는 적시타를 터뜨리며 좋은 흐름을 이어가고 있죠. 장영운 선수의 오늘 경기 세 번째 타석. 심원 패롯스의 선발투수인 톰 하디는 투구 수가 늘어나면서 지친 기색이 역력한데요. 과연 이번 승부의 결과가 어떻게 될까요?"

어제 경기 6회 말 여울 데블스의 공격 장면.

2사 1, 2루의 추가 득점 찬스에서 장영운이 등장하자, 캐스터는 살짝 상기된 목소리로 중계를 하고 있었다.

"이걸 왜 보여주는 거야?"

그렇지만 이철승 감독의 반응은 시큰둥했다.

이미 더그아웃에서 어제 경기를 모두 지켜본 이철승 감독이었다. 게다가 패했던 경기를 다시 돌려 보며 유쾌할 리가 없었다.

그렇지만 태식은 정지 버튼을 누르지 않고 이철승 감독에게 부탁했다.

"조금만 더 봐주십시오."

"도무지 영문을 모르겠군."

못마땅한 표정이었지만, 이철승 감독은 다시 화면으로 시선을 돌렸다.

"아, 장영운 선수, 타격했습니다. 3루 쪽으로 향하는 강습 타구. 빠른 타구는 라인 선상을 타고 흐르는 적시타가 될 것 같은데요. 아! 3루수 김대희 선수가 몸을 던지며 다이빙 캐치에 성공했습니다. 빠르게 몸을 일으킨 김대희 선수가 1루로 송구를 했습니다. 아슬아슬한 타이밍인데요. 결과는… 아웃입니다. 아, 추가 실점을 막아내는 기막힌 호수비네요."

"네, 대단한 호수비네요. 톰 하디 선수의 실투였어요. 가운데 높은 코스로 들어온 실투를 타격감이 좋은 장영운 선수가 놓치지 않고 제대로 공략했는데, 김대희 선수의 호수비에 막혔습니다. 만약 라인 선상을 타고 흐르면서 빠졌다면 주자들을 모두 불러들이며 경기가 완전히 여울 데블스 쪽으로 기울어질 수 있었는데. 장영운 선수 입장에서는 무척 아쉬울 겁니다. 운이 없었어요."

캐스터와 해설자 사이에 오가던 대화가 끝난 순간, 태식이 정지 버튼을 눌렀다.

"참고 봐주셔서 감사합니다."

"자, 꾹 참고 봤으니 이제 자네가 말해봐. 아까운 내 시간을 빼앗아가면서 대체 뭘 보여주고 싶었던 거지?"

"대희의 수비입니다."

"……?"

"이제 부상 후유증을 완전히 털어낸 것 같습니다."

태식이 이철승 감독에게 보여주고 싶었던 것.

바로 김대희의 수비 장면이었다.

아까 해설자의 이야기는 대부분 정확했다.

톰 하디는 제구가 뜻대로 되지 않으며 한가운데 높은 코스로 향한 실투를 던졌고, 최근 타격감이 물오른 장영운은 그 실투를 놓치지 않고 제대로 받아쳤다.

배트 중심에 걸린 강습 타구가 3루측 라인 선상을 타고 빠져나갈 거라고 예상했는데.

김대희가 정확한 타이밍에 다이빙을 하면서 강습 타구를 막아내는 데 성공했을뿐더러, 1루로 정확히 송구해 아웃 카운트를 잡아냈다.

추가 실점을 막아낸 그림 같은 호수비.

아까 해설자가 했던 이야기 가운데 유일하게 틀린 부분은 마지막 표현이었다.

장영운은 운이 없었던 것이 아니었다.

김대희가 부상 후유증을 완전히 털어냈기 때문에 호수비에 막혔던 것이었다.

"왜 그렇게 판단했지?"

"다이빙 캐치를 하는 과정에 두려움이 느껴지지 않았습니다."

"두려움이 없었다?"

"감독님도 보셨겠지만, 다이빙 캐치를 시도하고 착지하는 과정에서 오른손으로 바닥을 짚는 데 조금도 망설이지 않았습니다."

"하지만 고작 이 한 장면으로……."

"대회를 만나서 얘기를 나눴습니다."

"……?"

"지명타자로 출전하는 와중에도 꾸준히 재활 치료를 했고, 3루 수비 훈련의 양도 조금씩 늘렸다고 제게 말했습니다. 그 덕분에 이제는 수비 시에 전혀 부담을 느끼지 않는다고 본인의 입으로 말했습니다."

태식이 덧붙인 말을 들은 이철승 감독이 생각에 잠겼다.

그런 그의 반응을 유심히 살피던 태식이 질문했다.

"아시다시피 어제 경기에서 심원 패롯스는 완패했습니다. 감독님께서는 완패를 당한 원인이 무엇이라고 생각하고 계십니까?"

"그건……."

선뜻 대답을 꺼내지 못하고 있던 이철승 감독이 길게 한숨을 내쉬며 대답했다.

"나… 때문이었다."

"네?"

"감독의 역량 차이로 인해 패했지."

이철승 감독이 미간을 찡그린 채 대답했다.

그 모습을 지켜보던 태식이 내심 감탄했다.

본인의 실수를 인정하는 것은 결코 쉬운 일이 아니었다. 더구나 팀을 이끌어가는 감독의 입장에서는 더욱 그런 법이었다.

'좋은 감독님이야!'

이철승 감독의 가장 큰 장점은 두 가지.

고집이 세지 않다는 것과, 다른 사람의 말에 귀를 기울일 줄 안다는 것이었다. 코치뿐만 아니라 일개 선수의 의견에도 귀를 열었다.

"제 생각은 다릅니다."

"그럼 네가 생각하는 패인은 뭐지?"

태식이 망설이지 않고 대답했다.

"짜임새였습니다."

리그 최강으로 손꼽히는 테이블 세터진, 화려하지는 않지만 찬스에 강한 중심 타선, 그리고 컨택 능력과 선구안이 좋아서 작전 수행 능력을 갖춘 하위 타선까지.

이만술 감독이 이끌고 있는 여울 데블스 팀은 짜임새가 좋았다. 아니, 단순히 짜임새가 좋았다는 말로는 부족했다.

짜임새가 훌륭했다.

'이 정도면 나름 괜찮지 않을까? 이런 짜임새라면 우승에 도전장을 던질 정도로 충분하지 않을까?'

막연하게나마 이렇게 생각했던 적이 있었다. 그렇지만 여울 데블스와 대결한 후, 태식의 생각이 바뀌었다.

지금의 심원 패롯스 팀의 짜임새로는 우승에 도전하기 역부족이라는 판단이 들었다.

일시적인 부진에 빠졌던 태식과 용덕수가 슬럼프에서 벗어난다고 하더라도 마찬가지일 거란 생각이 들었다.

간신히 가을 야구에 참가하게 된다고 하더라도, 결국 포스트 시즌에서 여울 데블스의 벽을 넘지 못할 테니까.

"짜임새?"

"그렇습니다. 딱히 약점이 보이지 않습니다."

"약점이 보이지 않는다?"

마치 정교하게 맞물리는 톱니바퀴처럼 각자의 역할을 충실하게 맡고 있는 여울 데블스 선수들은 유기적으로 돌아가고 있었다.

그 의견에 동의하는 듯 희미하게 고개를 끄덕이고 있는 이철승 감독을 힐끗 살핀 태식이 다시 입을 뗐다.

"감독님."

"말해."

"이제 승부를 걸어야 할 때가 된 것 같습니다."

"승부? 무슨 뜻이지?"

"정규 시즌 종료까지 남은 경기는 약 스무 경기뿐입니다. 현재 우리 팀의 순위는 리그 7위, 그것도 어제 경기에서 여울 데블스에 패하면서 단독 7위가 아니라 공동 7위가 됐습니다. 그리고 리그 5위인 마경 스왈로우스와의 격차는 다섯 게임까지 벌어졌습니다. 이대로라면 우승은커녕 가을 야구 진출조차 불가능할 겁니다."

현재 심원 패롯스가 처해 있는 상황을 태식이 가감 없이 말하자, 이철승 감독의 표정이 딱딱하게 굳어졌다.

충분히 불편하게 느껴질 수 있는 이야기.

조금 돌려서 말할 수도 있었지만, 태식은 그렇게 하지 않았다.

이철승 감독이 어떤 결단을 내리도록 유도하기 위함이었다.

"나도… 지금 우리 팀이 처해 있는 상황에 대해서는 알고 있어. 그러나 마땅한 대책이 없기에 이리 고민하는 것이지."

"아까도 말씀드렸듯이 승부수를 띄워야 합니다."

"어떤 승부수를 띄우라는 건가?"

이철승 감독이 관심을 드러낸 순간, 태식이 기회를 놓치지 않고 대답했다.

"아까 제가 보여 드렸던 영상 속에 답이 있습니다."

"대회의 수비 장면 말인가?"

"그렇습니다."

"나도 봤어. 그런데 거기에 대체 무슨 답이 숨어 있단 말인가? 자꾸 빙빙 돌려 말하지 말고 속 시원히 말해봐."

이철승 감독의 재촉을 받은 태식이 대답했다.

"남은 경기에서도 대회에게 3루 수비를 맡기십시오."

"그럼 자네는?"

"저는 다른 포지션을 맡겠습니다."

예상치 못했던 대답인 탓에 이철승 감독이 두 눈을 치켜뜨며 다시 물었다.

"어떤 포지션을 맡겠다는 건가?"

태식이 대답했다.

"우익수를 맡겠습니다."

"자네가 우익수를 맡겠다고?"

이철승 감독은 놀란 기색을 감추지 못했다.

"정말 가능하다고 생각해서 꺼낸 말인가?"

"만약 가능하지 않았다면, 감독님께 말씀을 꺼내지도 않았을 겁니다."

"그렇지만 자넨 단 한 번도 외야 수비를 한 적이 없지 않은가?"

이철승이 불신 어린 시선을 던지는 것은 당연했다. 그렇지만 태식은 이철승 감독의 시선을 피하지 않은 채 대답했다.

"외야수로 뛴 경험이 있습니다."

"있다고? 언제?"

"중학교와 고등학교 시절, 제 주 포지션이 투수와 우익수였습니다."

투수 겸 4번 타자.

태식이 중고교 시절에 맡았던 임무였다.

그렇지만 매 경기 투수로서 마운드에 오를 수는 없는 노릇.

해서 태식은 마운드에 오르지 않았던 날에는 우익수로 경기에 나섰었다.

솔직히 말하면 프로 선수가 된 후 어깨 부상으로 인해 야수로 전향했을 때, 태식은 우익수로 뛰고 싶었었다.

그러나 그 뜻을 관철시키지 못한 이유는 부상으로 인해 약해진 어깨였다.

송구가 약한 외야수!

굳이 비유를 하지면 앙꼬 없는 찐빵이나 마찬가지였다.

해서 태식은 결국 내야수로 뛸 수밖에 없었다.

"이게… 아까 자네가 말했던 승부수인가?"

"그렇습니다."

"정말… 자신 있나?"

"자신 있습니다."

태식이 힘주어 대답했다.

그럼에도 불구하고 이철승 감독의 표정에 떠올라 있는 불안감은 쉬이 사라지지 않았다.

"흐음!"

이철승 감독이 침음성을 터뜨리며 깊은 고민에 잠겼다.

눈에 보이지는 않지만 이철승 감독은 지금 머릿속으로 바쁘게 주판알을 퉁기며 계산을 하고 있으리라.

그 계산을 돕기 위해서 태식이 말했다.

"제가 3루수가 아닌 우익수로 경기에 나서려는 이유는 팀의 짜임새를 단단하게 만들기 위함입니다."

"우리 팀의 짜임새를 단단하게 만들기 위함이라고?"

"그렇습니다."

"좀 더 자세히 말해보게."

"상하위 타선의 불균형. 저는 이게 올 시즌 우리 팀의 가장 큰 약점이라고 줄곧 생각해 왔습니다. 그렇지만 대희와 만호가 슬럼프에서 빠져나오고, 헨리 소사가 재활을 마치고 복귀하면서 이 약점을 어느 정도 극복했다고 판단했습니다. 그런데…

착각이었습니다."

"착각이라고?"

"어제 경기를 치렀던 여울 데블스의 전력을 확인하고 제가 너무 안일하게 생각했다는 것을 알았습니다. 여전히 상하위 타선의 불균형이라는 우리 팀의 약점은 극복되지 않은 채 남아있었습니다. 그리고 이 약점을 극복하기 위해서 제가 우익수로 뛰려는 겁니다."

올 시즌 내내 심원 패롯스의 주전 우익수로 뛴 선수는 이종도였다.

팀의 리드오프 역할을 맡고 있는 이종도의 활약은 나쁘지 않았다.

그 사실을 잘 알고 있는 이철승 감독이 곤란한 표정을 지었다.

"종도가 빠지면⋯⋯."

이종도는 수비 범위가 넓어서 외야 수비의 중심을 잡아주고 있고, 리드오프로서의 활약도 준수한 편이다.

현재 우리 팀에 이종도보다 나은 리드오프는 없다.

이런 의미가 담겨 있는 곤란한 표정이었다.

그렇지만 이철승 감독은 착각하고 있었다.

태식이 밀어내려고 하는 것이 이종도가 아니었기 때문이다.

"종도는 빠지지 않을 겁니다."

"하지만 아까 분명히 우익수로 뛰겠다고 말하지 않았나? 그리고 우리 팀의 우익수는 종도가 맡고 있고."

"종도는 중견수로 뛰어도 되지 않습니까?"

"응?"

"발이 빠르고 수비 범위도 넓은 편이니 우익수로 뛰는 것보다 중견수로 뛰는 편이 더 효과적일 겁니다. 그리고 작년까지는 중견수로 뛰지 않았습니까?"

일리가 있다고 판단한 듯 고개를 끄덕이던 이철승 감독이 다시 물었다.

"그럼… 태규인가?"

"네, 맞습니다."

태식이 고개를 끄덕였다.

임태규도 수비는 괜찮은 편이었지만, 문제는 타격이었다.

0.238.

타율이 낮았고, 출루율도 높은 편이 아니었다.

그리고 OPS!

On base Plus Siugging의 약자로 출루율과 장타율을 합친 지표인 OPS는 재정난에 허덕이던 메이저리그 구단의 단장이 저비용 고효율의 좋은 타자를 찾기 위해서 관심을 가지면서 주목을 받기 시작한 지표였다.

OPS 0.485.

0.5에도 미치지 못하는 낮은 OPS가 임태규가 출루율은 물론이고 장타력도 좋지 않다는 것을 알려주고 있었다. 그리고 결정적으로 임태규는 득점권 타율이 채 2할에도 미치지 못했다.

찬스에서 공격의 맥을 끊어놓는 역할을 하고 있다고 해야 할까.

"그러니까 태규 대신 우익수로 뛰겠다? 맞나?"

"맞습니다."

"나쁘지 않은 계획이긴 한데……."

슬그머니 말꼬리를 흐렸던 이철승 감독이 덧붙였다.

"전제 조건이 하나 있어."

"어떤 전제 조건입니까?"

"자네가 태규 못지않은 수비력을 보여줘야 해."

4. 적임자

이철승 감독이 우려를 표하고 있는 이유.

충분히 짐작할 수 있었다.

비교적 안정적이라는 평가를 받고 있는 심원 패롯스의 수비에 문제가 생기는 것이 아닐까 하는 걱정 때문이었다.

'어제 경기의 영향이 커!'

태식이 쓴웃음을 머금었다.

공격력을 강화하기 위해 이철승 감독은 용덕수를 선발 라인업에서 제외시키고 대신 강만호를 포수로 내세웠다. 그러나 강만호가 공수 모두에서 부진하며 이철승 감독의 선택은 패배의 원인이 됐었다.

특히 수비가 흔들린 것이 결정적이었다.

그런 모습들이 이철승 감독의 기억에 깊이 각인되어 있었기 때문에 더 망설이고 있는 것이었다.

"그건 경기에서 뛰면서 직접 증명해 드리겠습니다."

태식이 재차 강조했지만, 이철승 감독의 표정은 여전히 개운 치 않았다. 그러나 이 부분까지는 태식도 어떤 방법이 없었다.

백문(百聞)이 불여일견(不如一見)!

백 번 듣는 것이 한 번 보는 것만 못하다는 뜻이 담긴 속담 처럼 직접 경기장에서 보여주는 것이 최선이었다.

"일단 넘어가도록 하지. 그렇지만 아직 문제들은 산재해 있 어."

"어떤 문제를 말씀하시는 겁니까?"

"지명타자!"

"······?"

"대회가 3루수로 뛰면 지명타자가 공석이 돼. 지난 경기에 승렬이를 지명타자로 내보내 봤지만, 결과는 좋지 않았지."

4타수 무안타.

어제 여울 데블스와의 경기에 지명타자로 출전했던 이승렬 의 타석에서의 기록이었다.

단 하나의 안타도 때려내지 못한 것도 아쉬웠지만, 더 아쉬 운 점은 네 번의 타석 가운데 세 번을 삼진으로 물러났다는 것 이었다.

네이션 밀러가 구사한 브레이킹 볼에 이승렬이 전혀 타이밍 을 잡지 못했기 때문이다.

"작전 수행 능력이 부족해."

이철승 감독이 불평을 터뜨리는 것을 들은 태식이 작게 고개를 끄덕였다.

어제 경기 무사 1, 2루 찬스에서 이철승 감독은 이승렬에게 보내기번트를 지시했었다. 그렇지만 이승렬은 보내기번트에 잇따라 실패한 후 삼진으로 물러나면서 결국 주자들을 진루시키는데 실패했다.

'만약 이승렬이 보내기번트에 성공했거나, 진루타를 때려냈다면?'

어제 경기의 양상이 또 달라졌을 수도 있었다. 그래서 이철승 감독이 불평을 터뜨리는 것이었다.

"마땅한 적임자가 없어."

답답한 표정으로 이철승 감독이 꺼낸 말을 들은 태식이 고개를 흔들며 대답했다.

"적임자가 있습니다."

＊　　　　＊　　　　＊

"제가 잘못했습니다."

태식에게 사과를 하면서도 용덕수의 표정은 밝았다.

"갑자기 뭘 잘못했는데?"

"형의 말씀을 안 믿었던 것 말입니다."

용덕수가 사과하는 이유를 알아챈 태식이 말했다.

"덕수야."

"네."

"내가 너한테 거짓말한 적 있냐?"

"없죠."

"그럼 우리 좀 믿고 살자."

"넵! 앞으로 더 충성하겠습니다."

자진해서 충성 서약까지 하고 있는 용덕수의 표정이 무척 밝은 이유를 태식은 짐작하고 있었다.

여울 데블스와의 3연전 마지막 경기를 앞두고 다시 선발 라인업에 복귀했기 때문이다.

〈심원 패롯스 선발 라인업〉

1번. 이종도

2번. 임헌일

3번. 최순규

4번. 이명기

5번. 김태식

6번. 김대희

7번. 강만호

8번. 용덕수

9번. 헨리 소사

피처: 윌린 해멀스

이철승 감독이 경기를 앞두고 발표한 선발 라인업은 지난 경기의 선발 라인업과 확 바뀌어 있었다.

가장 눈에 띄는 변화는 3연전 첫 경기에서 선발 라인업에서 빠졌던 태식과 용덕수가 복귀한 것이었다.

그리고.

또 하나의 큰 변화가 있었다.

지명 타자로 이승렬이 아닌 강만호가 나선다는 점이었다.

"만호가 지명타자로 나선다고 해서 승렬이보다 나을까? 오히려 이전처럼 대타자로 나서게 하는 게 낫지 않을까?"

태식이 새로운 지명타자 적임자로 강만호를 추천했을 때, 이철승 감독에게서 돌아왔던 반응이었다. 그리고 이철승 감독이 이런 반응을 드러냈던 이유를 태식은 충분히 짐작할 수 있었다.

대타자로 나섰을 때 좋은 활약을 펼쳤던 강만호였지만, 주전 포수로 나섰을 때는 계속 부진했다는 것을 이철승 감독이 기억하고 있기 때문이었다.

그러나 태식의 판단은 달랐다.

부상에서 복귀한 후 주전 포수로 경기에 나섰던 경우.

또, 어제 여울 데블스와 경기에서 주전 포수로 나섰던 경우.

두 가지 케이스의 공통점은 강만호가 타격에서 부진했다는 것이었다.

그러나 분명한 차이점이 존재했다.

바로 부진의 원인이었다.

강만호가 예전에 타석에서 부진했던 원인은 부상 후유증과 실전 감각이 떨어져 있었기 때문이다.

반면 어제 경기에서 부진했던 원인은 수비에 대한 부담 때문이었다.

'만약 수비 부담을 던다면?'

태식은 오늘 경기에 지명타자로 나서는 강만호가 타석에서 좋을 활약을 펼칠 것이라는 확신이 있었다.

아무런 근거도 없는 확신이 아니었다.

전례!

태식이 이런 확신을 가진 근거는 김대희의 전례가 있었기 때문이다.

부상 복귀 후 부진했던 김대희는 수비 부담을 덜 수 있는 지명타자로 출전하면서 서서히 타격이 살아났었다. 그리고 강만호도 수비 부담이 없는 대타자로 자주 출전하면서 타격감이 어느 정도 올라온 상황이었다.

당시의 김대희와 마찬가지로 수비 부담이 없는 지명타자로 경기에 나선다면, 타석에서 좋은 활약을 펼칠 것이란 믿음이 있었다.

"주사위는 던져졌군."

태식이 입을 뗀 순간, 용덕수는 질색하는 표정으로 말을 받았다.

"헐, 지겹지도 않으세요?"

"응?"

"주사위 말입니다."

"무슨 소리야?"

"이제는 주사위란 단어만 들어도 신물이 날 지경입니다."

그동안 용덕수는 태식이 직접 짰던 훈련 프로그램을 군말 없이 따랐던 편이었다. 그렇지만 주사위를 이용하는 눈 훈련만큼은 무척 힘들어했다.

들인 시간과 노력에 비해서 성과가 빨리 드러나지 않기 때문이리라.

그렇지만 지금 용덕수는 착각하고 있었다.

방금 태식이 주사위에 대한 이야기를 꺼낸 것은 다른 의미였다.

"그런 뜻이 아냐."

"네?"

"승부수가 띄워졌다는 뜻이야."

"승부수요?"

의아한 시선을 던지는 용덕수에게 태식이 부연했다.

"그래. 만약 이 승부수까지도 먹혀들지 않는다면, 올 시즌 심원 패롯스의 가을 야구는 물 건너가는 셈이야."

월린 해멀스 VS 마이클 루니.

3연전의 2차전이 우천 취소된 탓에. 두 팀은 3연전 마지막 경기에 2차전 선발로 예고했던 두 명의 선발투수를 3차전에 그대로 내보냈다.

1회 말, 월린 해멀스는 배상우와의 첫 승부부터 어려움을 겪었다.

1차전에서 톰 하디가 11구까지 가는 긴 승부 끝에 볼넷을 허용하며 흔들렸던 것을 보았기 때문일까.

월린 해멀스는 초구부터 과감하게 승부했다. 그리고 결과적으로 과감한 승부를 했던 것은 좋지 않았다.

따악!

배상우는 월린 해멀스가 스트라이크를 잡기 위해 던진 바깥쪽 직구를 놓치지 않고 가볍게 받아쳐서 중전 안타를 터뜨렸다.

'그래도 톰 하디보단 나아!'

초구를 통타당하고 분한 표정을 짓고 있는 월린 해멀스를 바라보며 태식이 떠올린 생각이었다.

긴 승부 끝에 볼넷을 허용하는 것보단 초구에 안타를 허용하는 편이 투수에게 훨씬 더 타격이 덜했기 때문이다.

'도루를 노린다?'

우익수로 경기에 나선 태식의 눈에 베이스와의 거리를 조금씩 벌리는 배상우의 모습이 보였다.

리드 폭을 늘리고 있는 배상우가 신경 쓰이는 걸까?

월린 해멀스가 잇따라 1루로 견제구를 던졌다.

"안 좋아!"

그 모습을 확인한 태식이 눈살을 찌푸렸다.

리그 도루 2위에 올라 있는 배상우의 빠른 발을 의식하지 않을 수 없었고, 어제 경기의 잔상도 남아 있기 때문이리라.

그렇지만 무엇이든 과하면 독이 되는 법이었다.

윌린 해멀스는 주자인 배상우에게 신경을 쓰느라, 타자인 여호령과의 승부에 집중하지 못하고 있었다.

"볼!"

"볼!"

주자의 움직임에 민감하게 반응하면서 퀵 모션에 신경 쓰느라 윌린 해멀스의 제구는 뜻대로 되지 않았다.

잇따라 두 개의 볼을 던지며 불리한 볼카운트에 몰렸다.

그리고 3구째.

따악!

윌린 해멀스가 스트라이크를 잡기 위해 던진 슬라이더는 밋밋했고, 여호령은 놓치지 않고 받아쳤다.

3루수와 유격수 사이로 빠져나가는 좌전 안타.

무척 얕은 안타였다. 또 타구의 속도도 빠른 편이었다.

해서 1루 주자인 배상우가 당연히 2루에서 멈출 거라 예상했는데.

그의 선택은 달랐다.

배상우는 2루에서 멈추지 않고 일말의 망설임도 없이 3루로 내달렸다.

방심의 허를 찌른 주루 플레이.

느긋하게 타구를 향해 다가가던 좌익수 헨리 소사의 표정이 조급하게 바뀌었다. 그리고 타구를 잡자마자 3루를 향해 던졌다.

아웃 타이밍.

워낙 얕았던 타구라 헤드 퍼스트 슬라이딩을 시도한 배상우의 손이 베이스에 도착하기 전에 송구가 3루수 김대희의 글러브로 들어갔다. 그러나 너무 서두른 탓에 송구 방향이 왼쪽으로 치우쳤다.

태그를 시도하려 했던 김대희가 늦었다고 판단하고 타자 주자의 움직임을 묶기 위해 1루로 공을 던졌다.

최선의 판단.

그러나 여호령은 눈치가 빨랐다.

재빨리 귀루해 간발의 차로 1루에서 세이프가 선언됐다.

여로령의 짧은 안타로 인해 무사 1, 3루가 된 순간, 태식이 감탄했다.

괜히 리그 최고의 테이블 세터진이란 평가를 얻은 것이 아니었다.

얼핏 보면 무모한 주루 플레이처럼 보였지만, 배상우는 자신의 주력에 대한 확신이 있기에 수비의 허를 찌를 수 있었던 것이었다.

과감하면서도 빠른 상황 판단을 선보인 배상우와 여호령의 주루 플레이는 탄성을 자아내기에 충분했다. 그리고 배상우와 여호령이 밥상을 차린 순간, 타석에는 3번 타자 임훈기가 들어섰다.

'도루?'

태식이 퍼뜩 떠올린 작전이었다.

배상우와 여호령은 모두 발이 빠른 주자들.

최악의 상황인 병살 플레이가 나오는 것을 막기 위해 1루 주자인 여호령이 도루를 감행할 가능성은 충분했다.

게다가 용덕수가 도루를 저지하기 위해 2루로 송구하는 사이, 배상우가 언제든지 홈으로 파고들 수 있는 상황.

그러니 여호령의 2루 도루가 성공할 가능성은 무척 높았다.

'어떻게 될까?'

태식이 긴장한 채 바라보고 있을 때, 윌린 해멀스가 임훈기를 상대로 초구를 던졌다.

슈아악!

그 순간, 임훈기가 번트 자세를 취했다.

'스퀴즈?'

예상을 한참 빗나간 스퀴즈 작전을 확인하고 태식이 놀란 순간이었다.

퍽!

타다다닷!

'스퀴즈가 아니다?'

번트 모션을 취했던 임훈기는 번트를 대지 않고 도중에 배트를 거두어들였다. 그사이, 1루 주자인 여호령이 스타트를 끊고 2루로 내달리고 있었다.

'위장 스퀴즈!'

이만술 감독이 지시한 것은 스퀴즈 작전이 아니었다.

위장 스퀴즈였다.

1루 주자를 좀 더 안전하게 2루로 보내기 위해 펼친 작전.

용덕수가 벌떡 일어나는 것이 보였다. 그리고 용덕수는 3루 주자인 배상우는 거들떠보지도 않았다.

일말의 망설임도 없이 2루로 공을 던졌다.

흠칫 하며 멈추었던 배상우가 용덕수가 2루를 향해 송구하는 것을 확인하고 거침없이 홈으로 파고들기 시작했다.

'실점 허용?'

태식이 막 그렇게 판단한 순간이었다.

용덕수의 2루 송구에 방해가 되지 않기 위해서 마운드 위에 웅크리고 있던 윌린 해멀스가 점프하며 2루로 향하던 송구를 도중에 커트했다.

돌발 상황에 당황한 배상우가 3루와 홈의 중간지점에서 멈추어 섰다.

3루 주자인 배상우의 위치를 확인한 윌린 해멀스가 용덕수에게 공을 되돌려 주었다. 그 공을 건네받은 용덕수가 태그를 하기 위해서 배상우 쪽으로 달려갔다.

배상우가 재빨리 몸을 돌려 3루 쪽으로 달려간 순간, 용덕수가 3루수인 김대희에게 공을 건넸다.

런 다운!

김대희가 태그를 위해 쫓아왔지만, 배상우의 발은 역시 빨랐다. 다시 홈으로 뛰기 시작한 배상우를 태그하는 데 실패한 김대희가 다시 용덕수에게 공을 건넸다.

역동작에 걸렸음에도 배상우는 다시 몸을 돌려 필사적으로 뛰었다.

탁!

간신히 태그를 하는 데 성공한 용덕수가 3루 쪽으로 송구를 하려다 도중에 멈추고 아쉬운 기색을 드러냈다.

배상우가 런 다운에 걸린 채 시간을 끄는 사이, 여호령이 3루에 거의 도착해 있는 것을 확인했기 때문이다.

그러나 용덕수는 아쉬운 기색을 금세 털어냈다. 그리고 앞으로 다가와 있는 윌린 해멀스와 환하게 웃으며 주먹을 부딪혔다.

5. 백문이 불여일견

'약속된 플레이!'

경기 중에 이런 상황이 발생할 것이라고 미리 판단했던 용덕수는 선발투수인 윌린 해멀스와 이런 상황에 대한 연습을 했다. 그리고 약속된 플레이를 펼쳐서 3루 주자인 배상우를 잡아내는 데 성공한 것이었다.

'지난 경기와의 차이!'

태식이 고개를 끄덕였다.

용덕수와 강만호가 포수 마스크를 썼을 때의 차이가 발생한 셈이었다.

강만호의 포수로서의 능력을 폄하하는 것이 아니었다.

시간과 호흡의 차이였다.

올 시즌 내내 치료와 재활에 매달렸던 강만호는 수비 훈련에 참가할 수 있는 시간이 많지 않았을뿐더러 경기 출전 횟수도 적었다.

반면 용덕수는 시즌 도중에 팀에 합류하긴 했지만, 그 후로 꾸준히 주전 포수로 경기에 나섰다.

그 과정에서 실전과 훈련을 병행하면서 투수들과 줄곧 호흡을 맞춰왔다.

강만호에 비해 용덕수의 훈련량이 더 많을 수밖에 없었고, 투수 및 야수들과 호흡이 더 잘 맞는 것이 당연한 것이었다.

지금도 마찬가지였다.

어떤 신호를 보낸 것이 아니었다.

용덕수와 윌린 해멀스는 눈빛을 교환하는 것으로 서로의 의중을 파악했고, 또 서로를 믿고 약속된 플레이를 정교하게 펼친 것이었다.

어쨌든.

무사 1, 3루였던 상황이 1사 3루로 바뀌었다.

그러나 아직 방심하기는 일렀다.

여울 데블스의 클린업트리오와 상대해야 했기 때문이었다.

슈아악!

아웃 카운트를 하나 잡은 덕분에 한결 부담을 던 표정의 윌린 해멀스가 바깥쪽 직구를 던졌다.

장타를 의식한 바깥쪽 직구는 낮은 코스로 잘 형성된 편이었다.

따악!

임훈기가 밀어친 타구가 높이 솟구쳤다. 우익수로 나선 태식이 타구를 쫓으며 낙하지점을 짐작했다.

'파울!'

라인 선상에서 약 5미터 가량 벗어난 파울 타구는 꽤 깊은 편이었다.

만약 태식이 포구를 한다면 3루 주자인 여호령을 태그업을 시도할 것이 확실했다.

'가능할까?'

태식이 잠시 고민했다. 그러나 고민은 오래가지 않았다.

'자세는 나온다!'

일찌감치 타구의 낙하지점을 포착하고 미리 도착해서 기다리고 있는 상태.

홈 송구를 할 준비는 진즉에 마쳐 있었다.

'잡아낸다!'

파울 타구뿐만 아니라 3루 주자인 여호령도 홈에서 잡아내겠다는 결심을 굳힌 태식이 더 고민하지 않고 타구를 포구했다.

타다닷!

예상대로 3루 주자인 여호령이 태그업을 시도했다.

탁!

한 발을 앞으로 내딛으며 태식이 힘껏 홈으로 공을 던졌다.

슈아악!

태식이 던진 공은 높은 포물선을 그리지 않았다.

낮은 포물선을 그리며 날아간 송구는 용덕수가 앞으로 내민 채 기다리고 있던 글러브 속으로 노 바운드로 정확하게 빨려 들어갔다.

여유 있게 홈으로 파고들던 여호령이 빠르고 정확한 태식의 홈 송구를 확인한 후, 표정이 조급하게 바뀌었다.

앞으로 내밀고 있던 글러브에 노 바운드로 정확히 전달된 송구를 받은 용덕수는 놀란 기색을 감추지 못하고 있었다.

'덕수야. 놀라고 있을 때가 아니다. 얼른 정신 차려라!'

용덕수의 반응을 살피던 태식이 속으로 소리쳤다.

다행히 용덕수는 넋을 놓은 채 멍하니 있지 않았다.

타다다닷.

맹렬한 속도로 홈으로 파고들고 있는 여호령의 발소리를 듣고서, 바로 후속 동작으로 돌입했다.

쉬이잇!

홈으로 파고드는 여호령을 향해 용덕수가 태그를 시도했다.

여호령이 어떻게든 살기 위해서 필사적으로 헤드 퍼스트 슬라이딩을 감행했지만, 송구를 받고 미리 기다리고 있던 용덕수의 태그를 피하는 것은 불가능했다.

"아웃!"

주심이 아웃을 선언한 순간, 여호령이 분한 듯 주먹 쥔 손으로 바닥을 내려쳤다.

공수 교대.

1회 초, 무사 1, 3루의 위기가 찾아왔지만, 심원 패롯스는 한 점도 내주지 않고 이닝을 마무리했다.

그렇지만 아무도 더그아웃으로 돌아가지 않았다.

조용해진 홈 팬들로 인해 그라운드 위에는 적막이 흘렀다.

팀 동료들의 시선이 일제히 자신에게 쏠려 있다는 사실을 깨달은 태식이 희미한 웃음을 머금었다.

'내 포지션을 되찾았다!'

우익수 포지션.

태식이 원하던 수비 위치였다. 그리고 방금 전 장면은 태식이 머릿속으로 항상 그려 왔던 장면들 가운데 하나였다.

태식이 예상했던 것보다 조금 빨랐긴 했지만, 마침내 머릿속으로 그려왔던 한 장면을 현실로 옮기는 데 성공한 것이다.

불끈.

태식이 주먹을 힘껏 움켜쥐었다.

강하고 정확한 홈 송구로 태그업을 시도했던 3루 주자 여호령을 잡아낸 순간, 온몸에 전율이 일었다.

"송구, 끝내줬습니다!"

태식이 던지는 공을 받아본 적이 있는 용덕수가 가장 먼저 정신을 차리고 외쳤다.

더그아웃을 향해 가장 먼저 돌아간 태식의 눈에 놀란 기색을 감추지 못하고 있는 이철승 감독의 모습이 들어왔다.

'이제 믿으시겠습니까?'

경기장에서 증명하겠다는 약속을 지킨 태식이 환하게 웃으

백문이 불여일견 73

며 더그아웃으로 돌아왔다.

─야구는 흐름의 경기다.
─위기 뒤에 찬스가 온다.

야구계에 격언처럼 내려오는 두 가지 속설이었다.

무사 1, 3루의 위기 상황을 맞았지만, 심원 패롯스는 용덕수와 윌린 해멀스의 약속된 플레이, 그리고 태식의 강하고 정확한 홈 송구 덕분에 위기를 무실점으로 넘겼다.

특히 누구도 예상치 못했던 순간에, 태식이 강하고 정확한 홈 송구로 여호령을 잡아낸 것이 컸다.

그 플레이는 순식간에 경기의 흐름을 바꾸었다.

2회 초가 시작되자마자 마치 당연하다는 듯이 찬스가 찾아왔다.

따악!

이명기는 마이클 루니의 초구를 받아 쳐서 깔끔한 좌전 안타를 터뜨렸다. 태식이 타석으로 들어서며 맞은편 더그아웃을 살폈다.

우연일까.

태식과 이만술 감독의 시선이 부딪혔다.

이만술 감독은 못마땅한 기색을 감추지 않고 있었다.

1회에 선취점을 올리며 쉽게 경기를 풀어가겠다는 계획이 예상치 못한 암초를 만나면서 어그러졌기 때문일 터였다. 그리고 선취 득점을 올릴 수 있었던 찬스를 무산시킨 장본인이 바로 태식이었다.

'내가 약점이라고 판단했을 거야!'

경기 전에 상대 팀을 철저히 분석하기로 유명한 이만술 감독은 심원 패롯스의 약점을 태식이라고 판단했을 가능성이 높았다.

야수로 전향한 후, 줄곧 내야수로만 뛰었던 태식이 갑자기 우익수로 선발 출전했으니 당연한 것이었다.

게다가 태식은 최근 들어 타석에서도 슬럼프에 빠져 있으니 더욱 그랬다.

"오판(誤判)이었다는 것을 증명해 드리겠습니다."

이만술 감독만이 아니었다.

이철승 감독에게도 아직 증명할 것이 남아 있었다.

공격력!

태식이 각오를 다지며 타석으로 들어섰다.

마이클 루니에 대한 분석은 이미 마친 상태였다.

140㎞대 후반의 힘 있는 직구를 구사하는 우완 정통파 투수.

횡으로 휘어지는 슬라이더와 낙차가 큰 커브의 궤적도 무척 예리한 쓰리 피치 유형의 투수였다.

올 시즌 성적은 13승 7패.

방어율은 3점대 후반을 기록하고 있었다.

'좋은 투수… 였지!'

오늘 경기 선발투수로 예고됐던 마이클 루니에 대한 분석을 마치고 난 후 태식이 내린 평가였다.

태식이 이런 평가를 내린 이유는 마이클 루니의 전반기와 후반기 성적이 극명하게 갈리었기 때문이다.

전반기 마이클 루니의 성적은 9승 3패, 방어율은 2점대 초반이었다.

이때까지만 해도 마이클 루니는 골든 글러브 투수 부분의 유력한 후보로 손꼽혔었다.

실제로 여울 데블스의 팬들은 후반기에는 네이션 밀러가 아닌 마이클 루니를 1선발로 내세워야 한다는 주장을 펼쳤었다.

그러나 후반기로 접어든 이후, 상황은 급변했다.

4승 4패, 그리고 5점대의 방어율.

과연 같은 투수가 맞는가 하는 의문이 들 정도로 마이클 루니의 성적과 투구 내용은 급격히 나빠졌다. 그리고 여러 전문가들과 마찬가지로 태식 역시 마이클 루니의 후반기 성적이 추락한 이유를 체력 저하라고 판단하고 있었다.

4일 휴식 후 등판.

여울 데블스의 토종 에이스인 이동후가 올 시즌 초 갑작스러운 부상으로 선발 로테이션에서 이탈하고 나자, 이만술 감독이 던졌던 승부수였다.

전반기까지는 별 무리가 없었지만, 후반기에 접어들자 후유증이 나타났다.

특히 마이클 루니가 더했다.

네이션 밀러의 경우, 메이저리그와 마이너리그에서 꾸준히 선발투수로 뛰면서 4일 휴식 후 등판이란 패턴에 익숙했지만, 주로 불펜 투수로 활약했던 마이클 루니는 체력 관리에 실패했다.

이것이 후반기에 접어든 후 마이클 루니가 부진한 원인.

슈아악!

마이클 루니가 초구를 던졌다.

'커브!'

태식이 두 눈을 빛내며 스윙했다.

부웅!

"스트라이크!"

크게 헛스윙을 한 태식이 주먹으로 헬멧을 쳤다.

'멍청하긴!'

태식이 스스로를 자책했다.

"야구를 너무 쉽게 생각하고 있다!"

지수가 대신 전해주었던 아버지의 충고가 귓가에 되살아났다.

'또 욕심을 부렸어!'

주사위를 이용한 눈 훈련은 분명히 성과가 있었다.

투수의 손을 떠난 공이 보이며 구종을 판단할 수 있었으니까.

그러나 완벽하지는 않았다.

여전히 시간과 노력이 더 필요하다는 사실을 슬럼프를 겪은 덕분에 태식이 누구보다 잘 알고 있었다.

그럼에도 불구하고 또 욕심을 부렸으니 어찌 자책하지 않을 수 있을까.

태식이 고개를 돌렸다.

우려 섞인 표정을 드러내고 있는 이철승 감독을 확인한 태식이 다시 타석에 들어서며 슬럼프를 극복하기 위해 찾아낸 해법을 작게 되뇌었다.

"게스 히팅!"

3할과 10할.

그 차이는 무척 컸다.

1할, 아니, 1푼의 타율 차이에 따라서 타격 순위가 요동치고, 선수의 연봉도 바뀌기 때문이었다.

그런데 몇 푼도 아닌 몇 할의 차이니 어찌 크지 않을까?

게스 히팅에는 한계가 있었다.

아무리 수 싸움을 잘 펼치는 타자라고 하더라도, 게스 히팅을 통해 올릴 수 있는 타율의 최대치가 3할 언저리라는 것은 그간에 쌓인 기록을 통해 이미 검증이 된 셈이었다.

그렇지만 투수가 던지는 공의 구종을 타자가 눈으로 보고 파악한 후에 정확한 타이밍에 타격할 수만 있다면?

타율 3할이 문제가 아니었다.

'10타수 10안타를 때려내는 것도 가능하지 않을까?'

일전에 태식이 퍼뜩 떠올렸던 생각이었다.

물론 모든 타구가 안타가 될 수는 없는 법이었다.

잘 맞은 타구가 야수 정면으로 향하는 것도 다반사인 것이 야구였으니까.

그렇지만 후자의 경우라면 최소한 꿈의 타율이라 불리는 4할 타율을 넘어서는 것은 물론이고, 5할 이상의 고타율을 거뜬하게 기록할 수 있을 거라는 확신이 들었다.

바로 이것이 태식이 욕심을 품었던 이유였다.

그리고.

이 욕심으로 인해서 태식은 타격 슬럼프에 빠졌다.

'게스 히팅과 눈으로 보고 타격하는 것을 조합하자!'

계속 욕심을 부릴 때가 아니었다.

4할 이상의 타율을 욕심내는 것은 먼 훗날의 이야기.

불과 지난 경기에서 타격 부진으로 인해서 선발 라인업에서 제외되기까지 했던 상황이었다.

우선은 슬럼프에서 벗어나는 것이 급했다.

그동안 게스 히팅을 하며 3할을 훌쩍 상회하는 타율을 기록했던 태식이었다. 그래서 서두르지 않기로 태식은 결심했다.

'직구!'

마운드 위에 서 있는 마이클 루니를 노려보고 있던 태식이 2구째로 들어올 것이라고 예측한 구종이었다. 그리고 마이클 루니가 직구를 던질 거라고 예측한 데는 나름대로 근거가 있었다.

체력 저하!

태식이 타격 부진에 빠졌을 때, 이철승 감독이 진단했던 원인이었다. 그러나 그 진단은 오진이었다.

이철승 감독이 오진을 한 이유는 신체 나이가 스무살 시절로 돌아간 태식에게 찾아온 기적에 대해서 알지 못했기 때문이다. 그리고 태식에게 기적이 벌어졌다는 사실을 모르는 것은 여울 데블스의 이만술 감독도 마찬가지였다.

즉, 이만술 감독 역시 태식이 최근 타격 부진에 빠졌던 원인을 제력저하 때문이라고 오진하고 있을 가능성이 높았다.

체력이 저하되면 배트 스피드가 떨어지게 마련.

실제로 태식은 타격 슬럼프에 빠진 사이, 특히 투수들의 직구를 제대로 공략하지 못했다.

그러니 이만술 감독이 착각하기 딱 좋은 상황이었다.

그렇지만 태식이 빠른 공을 공략하는 데 실패했던 원인은 배트 스피드가 떨어졌기 때문이 아니었다.

눈 훈련의 성과가 나타나기 시작한 것에 고무된 나머지 자꾸 욕심을 부리다가 직구 공략에 실패하며 고전했던 것이었다.

그러나 이런 이유 역시 이만술 감독은 알지 못했다.

결국 이만술 감독은 체력 저하로 인한 배트 스피드 감소가 태식이 최근 타석에서 부진한 원인이라 판단하고 있을 터.

과감한 직구 승부를 펼칠 가능성이 높았다.

그런 태식의 수 싸움은 적중했다.

슈아악!

마이클 루니는 2구째로 몸 쪽 직구를 던졌다.

따악!

수 싸움이 적중했기에 마이클 루니가 던진 몸 쪽 직구는 정확한 타이밍에 태식의 배트에 걸렸다.

빨랫줄처럼 날아간 타구는 좌중간 코스로 향했다.

6. 핫 포인트

'갈랐다!'

좌중간을 완전히 갈라놓은 타구는 펜스 근처에서 원 바운드를 일으켰다.

탁!

바닥에 닿은 후 높이 튀어 오른 타구는 그대로 펜스를 넘어 갔다.

인정 2루타가 선언된 순간, 태식이 2루 베이스를 향해 달리던 속도를 늦추며 아쉬움을 토해냈다.

'만약 타구가 펜스를 넘어가지 않았다면?'

스타트가 빨랐던 1루 주자 이명기가 충분히 홈으로 들어올 수 있었던 상황이었다. 또 태식도 충분히 3루까지 진루할 수 있었던 깊은 타구였기 때문이다.

그러나 태식은 이내 그 아쉬움을 털어냈다.

'내가… 끝이 아냐!'

이제 찬스는 심원 패롯스의 하위 타선으로 넘어갔다. 그렇지만 하위 타선이 무력하기 짝이 없었던 지난 경기와는 달랐다.

지난 경기와 달라진 것은 선발 라인업에 이름을 올린 선수 면면만이 아니었다.

이철승 감독은 타순도 다시 조정했다.

무사 2, 3루 상황에 6번 타자로 타석에 들어선 것은 김대희.

최근 김대희는 타격감이 좋은 편이었다.

그 사실을 알고 있어서일까.

마이클 루니는 김대희를 상대로 좋은 공을 던지지 않았다.

김대희를 상대로 스트라이크존에서 공 한 두 개 정도가 빠지는 유인구 위주의 피칭을 했다. 그리고 김대희는 유인구에 전혀 속지 않았다.

쓰리 볼 노 스트라이크.

슈아악!

김대희를 상대로 마이클 루니가 던진 4구째 공이 홈 플레이트 쪽으로 날아들었다.

스트라이크존을 통과할 것처럼 파고들다가 마지막 순간에 바깥쪽으로 흘러 나가는 슬라이더는 유인구로 훌륭했다.

그렇지만 김대희의 배트는 이번에도 딸려 나가지 않았다.

"볼넷!"

김대희가 볼넷을 얻어내며 무사 만루 상황으로 바뀐 순간, 이만술 감독은 내야진에게 전진 수비를 지시했다.

'한 점도 내주지 않을 생각이야!'

비록 고의 사구는 아니었지만, 마이클 루니는 1루가 빈 상황에서 김대희와 승부할 생각이 처음부터 없었다.

아마 이만술 감독의 지시였으리라.

이만술 감독은 김대희가 아닌 7번 타자 강만호와 승부할 생각을 애초부터 갖고 있었던 것이었다.

4타수 무안타.

강만호가 지난 경기에서 기록한 타석에서의 성적이었다. 그리고 부진했던 타격 성적이 이만술 감독이 강만호와의 승부를 결심하도록 만들었으리라.

"실수하신 겁니다."

2루 베이스 위에 올라서 있던 태식이 작게 혼잣말을 했다.

지난 경기의 강만호와 오늘 경기의 강만호는 달랐다.

수비 부담을 덜었기 때문이다.

지명타자로 나서며 수비 부담을 던 강만호는 지난 경기의 강만호와는 분명히 타석에서 다른 모습을 보일 거라는 확신이 태식에게는 있었다. 그리고 무사 만루 상황에서 타석에 들어선 강만호는 태식의 믿음에 부응했다.

무사 만루 상황.

투 볼 원 스트라이크.

밀어내기를 의식하지 않을 수 없는 상황이었기에, 마이클 루니는 스트라이크존을 통과하는 커브를 던졌다.

따악!

타석에서 집중하고 있던 강만호는 커브가 들어올 것을 예측한 듯 가볍게 밀어 쳤다.

강만호가 때린 타구는 전진 수비를 펼치고 있던 2루수의 키를 살짝 넘기며 우전 안타가 되었다.

2 : 0.

3루 주자였던 이명기와 2루 주자인 태식이 모두 홈으로 파고들며 심원 패롯스는 선취 득점을 올렸다.

미리 도착해서 기다리고 있던 이명기와 하이파이브를 나눈 태식이 여울 데블스의 더그아웃 쪽으로 고개를 돌렸다.

계획과 다르게 흘러가는 경기 전개 때문일까.

이만술 감독의 표정이 잔뜩 일그러져 있는 것이 보였다. 그러나 경기를 포기한 눈빛은 아니었다.

아직 경기 초반.

2점의 격차는 충분히 따라잡고 역전시킬 수 있다고 판단하고 있었다.

"오판입니다."

태식이 희미하게 웃으며 타석에 들어선 용덕수를 바라보았다.

무사 1, 2루.

충분히 욕심을 낼 수 있는 상황이었지만, 용덕수는 서두르지 않았다.

'최근 부진으로 인해 자신감이 떨어졌어!'

마이클 루니가 던지는 유인구는 훌륭했지만, 용덕수는 잘 참아냈다. 아니, 잘 참아냈다기보다는 타석에서 자신감이 결여된 탓에 스윙을 망설인다고 표현하는 것이 맞았다.

어느덧 풀카운트까지 이어진 승부.

슈아악.

마이클 루니가 6구째로 슬라이더를 던졌다. 용덕수가 타격하기 위해 휘두르던 배트를 도중에 가까스로 멈춰 세웠다.

"볼넷!"

주심이 볼넷을 선언한 순간, 여울 데블스의 포수가 용덕수의 배트가 돌았다고 강하게 어필했다.

그렇지만 항의는 받아들여지지 않았다.

천천히 1루로 걸어 나가는 용덕수를 향해 태식이 박수를 보냈다.

비록 타점을 올리는 적시타를 때려내지는 못했지만, 태식은 이번 타석 용덕수의 승부가 흡족했다.

공격의 맥을 끊지 않고 계속 이어나갔기 때문이다.

다시 찾아온 무사 만루 찬스.

타석에는 올 시즌 처음으로 9번 타순에 포진된 헨리 소사가 등장했다. 그런 헨리 소사의 표정은 비장했다.

'자존심이 상했어!'

지난 경기에서 중심 타선에 포진됐던 헨리 소사는 다시 하위 타선으로 내려왔다. 그것도 9번 타순에 포진됐다.

이것이 헨리 소사의 자존심에 상처를 남긴 것이었다.

슈아악!

입술을 꽉 깨문 채 타석에 들어선 헨리 소사는 마이클 루니가 초구로 던진 낮은 직구를 힘껏 걷어 올렸다.

따악!

하늘 높게 솟구친 타구가 쭉쭉 뻗어나갔다.

빙글!

맞는 순간 홈런임을 직감한 헨리 소사가 1루를 향해 뛰어가는 대신, 배트를 허공에 내던졌다. 그리고 더그아웃을 향해 손을 들어 가리켰다.

"봤느냐? 이래도 날 계속 9번 타순에 둘 거냐?"

이철승 감독에 대해 항의하는 의미가 담긴 손짓이었다. 그 항의를 마치고 나서야 헨리 소사가 1루를 향해 달리기 시작했다.

만루 홈런!

9번 타자 헨리 소사가 보란 듯이 터뜨린 만루 홈런으로 두 팀의 점수 차는 순식간에 6점으로 벌어졌다.

고개를 돌린 태식의 눈에 비로소 여유를 찾은 이철승 감독이 보였다. 그제야 태식은 승부수가 통했음을 확신했다.

태식이 리모컨을 들어 TV를 켰다.

채널을 돌리던 태식이 '위 러브 베이스볼'이 나오고 있는 스포츠 채널을 발견하고 리모컨을 내려놓았다.

'위 러브 베이스볼'은 각 구장에서 열렸던 프로야구 경기들의 하이라이트 장면을 편집해서 보여주고, 경기 분석을 하는 스포츠 전문 채널의 프로그램이었다. 그리고 마침 심원 패롯스와 여울 데블스와의 경기에 대한 총평과 분석을 하고 있었다.

"자, 모두 함께 오늘 벌어졌던 심원 패롯스와 여울 데블스의 경기 하이라이트 영상을 확인하고 돌아왔습니다. 저희가 준비했던 하이라이트 영상을 통해서 확인하셨듯이 오늘 경기 두 팀의 대결의 승리는 여울 데블스가 아닌 심원 패롯스에게 돌아갔습니다. 많은 전문가 분들의 예측이 빗나갔죠. 오늘 함께 하신 이병철 해설 위원님도 여울 데블스의 승리를 예측하셨으니까 보기 좋게 예측이 빗나가셨네요."

"큼, 그렇습니다."

"이병철 해설 위원님, 여울 데블스의 승리를 점쳤던 전문가 분들의 예측이 빗나간 원인, 무엇이라고 생각하세요?"

타고난 미모와 애교 섞인 몸짓, 그리고 재치 있는 입담으로 야구팬들의 인기를 한 몸에 받으며 '야구 공주'라는 별명을 얻은 아나운서 김연지가 질문을 던지자, 야구 선수 출신 해설 위원인 이병철이 대답했다.

"저는 변칙이 만들어낸 승리라고 분석했습니다."

"변칙의 승리다?"

"네, 오늘 심원 패롯스를 이끌고 있는 이철승 감독은 선발 라인업에 큰 폭의 변화를 가져갔습니다. 아마 지난 경기에서의 패배에서 어떤 교훈을 얻었던 것 같습니다. 눈에 띄는 여러 가지 변화가 있었는데, 그 가운데서도 가장 큰 변화는 역시 김태식 선수를 우익수로 기용한 것이라고 할 수 있습니다. 솔직히 말씀드리면 해설 위원인 저도 깜짝 놀랐던 변칙 기용이었습니다."

"이병철 감독님만 놀란 것이 아니라 야구팬분들 모두 놀랐을 겁니다. 솔직히 말씀드리면 저도 깜짝 놀랐답니다. 김태식 선수가 우익수로 나설 줄은 몰랐거든요."

"네, 놀라는 게 당연한 겁니다. 제가 프로그램 녹화를 하기 전에 기록을 찾아보고 왔는데요. 김태식 선수는 프로 선수가 된 후에 우익수는 물론이고 외야수로 경기에 나섰던 적이 아예 없었습니다."

"그럼 단 한 번의 외야수 경험도 없는데 갑자기 우익수로 출전했다?"

"물론 아예 경험이 없었던 것은 아닙니다. 김태식 선수가 중고등학교 시절에 우익수로 뛴 적이 있었습니다."

"그럼 그때의 경험을 살린 건가요?"

"그건 아닐 겁니다. 그게 벌써 몇 년 전인데요."

"김태식 선수 나이가……."

"많죠."

"몇 살이죠?"

"서른일곱입니다."

"서른일곱이요?"

"김태식 선수의 동안에 속으면 안 됩니다. 김태식 선수는 저와 두 살 차이밖에 나지 않으니까요."

"에이, 설마요."

"설마가 아니라 사실입니다."

"정말인가요?"

"정 못 믿으시면 프로필을 확인해 보세요. 그보다 왜 그렇게 보세요?"

"네?"

"절 바라보는 김연지 아나운서 눈빛이 좀 그렇습니다."

"어머, 들켰나요?"

입을 가리고 웃던 김연지 아나운서가 다시 입을 뗐다.

"솔직히 믿기지가 않네요. 이병철 해설 위원님과 김태식 선수의 나이 차가 고작 두 살에 불과하다는 것이요."

"팩트입니다."

"이게 팩트라는 게 더 믿기지 않네요."

"큼큼. 자, 이제 딴 얘기로 넘어갈까요?"

"갑자기 왜?"

"저희 프로그램은 어디까지나 야구 전문 프로그램입니다. 김연지 아나운서, 그걸 잊으면 안 됩니다."

기분이 상한 걸까.

이병철 해설 위원이 살짝 상기된 얼굴로 서둘러 화제를 전환했다.

"네, 명심하겠습니다. 어쨌든 결과적으로는 심원 패롯스 이철승 감독님의 승부수가 통한 셈이라고 할 수 있겠네요."

"그렇습니다. 덕분에 열세일 거라는 예상을 뒤엎고 심원 패롯스가 여울 데블스를 상대로 승리를 거둘 수 있었죠."

"자, 그럼 저희 '위 러브 베이스볼'이 자랑하는 코너죠. 경기의 승부를 갈라놓았던 핫 포인트를 알아볼까요? 이병철 해설 위원님이 생각하시는 오늘 경기의 핫 포인트, 어느 지점이었습니까?"

"네, 제가 선정한 핫 포인트는 바로 여기입니다. 함께 보시죠."

스튜디오가 나오던 화면이 바뀌며, 경기 영상이 흘러나왔다. 그리고 이병철 해설 위원이 선택한 경기의 승부처인 핫 포인트는 태식의 홈 송구였다.

자신의 홈 송구 장면이 흘러나오는 영상에서 태식이 눈을 떼지 못했다.

아직까지도 여운이 다 가시지 않았기 때문일까?

파울 타구를 잡아내서 홈 송구를 하는 자신의 모습을 화면으로 본 순간, 마치 감전된 것처럼 짜릿한 전율이 일어났다.

"다시 보니 더 끝내주네요."

언제 숙소로 돌아왔을까?

용덕수의 음성을 듣고 태식이 고개를 돌렸다.

"나름 괜찮았지?"

"나름 괜찮은 정도가 아니라 죽여줬습니다. 외야수가 던지는 송구가 아니라 투수가 던지는 공을 받는 느낌이었다니까요."

"자식, 오버는."

"오버 아닙니다. 다들 넋이 나가서 공수 교대가 됐는데도 더그아웃으로 돌아올 생각도 못 한 거, 형도 보셨잖아요."

"그거야……."

"하여간 진짜 끝내줬습니다."

용덕수의 과한 리액션으로 인해 멋쩍어진 태식이 다시 TV 화면으로 고개를 들리자, 핫 포인트 영상은 어느새 끝이 나 있었다. 그리고 핫 포인트 영상을 보고 난 아나운서와 해설자의 대화가 이어지고 있었다.

"이병철 해설 위원께서는 김태식 선수의 홈 송구를 오늘 경기의 핫 포인트로 선정하셨군요. 이유는요?"

"명불허전."

"명불허전이요?"

"이 훌륭한 송구에 더 무슨 말씀이나 설명이 필요하겠습니까?"

"그러니까 김태식 선수의 홈 송구 덕분에 선취 득점을 허용하는 것을 막아낸 것이 결정적인 한 장면이었다. 이런 말씀이시죠?"

"네, 만약 심원 패롯스가 경기 초반에 선취점을 허용했다면 오늘 경기의 양상은 또 달라졌을 가능성이 높습니다. 연패에 빠져 있는 심원 패롯스가 쉽게 실점을 허용했다면 팀 분위기가 더 침체되었을 테니까요. 결과적으로 실점을 막아낸 김태식 선수의 기막힌 홈 송구가 경기의 흐름을 바꿔놓았다고 할 수 있습니다."

"네, 말씀 잘 들었습니다. 마지막으로 질문 하나만 더 드리겠습니다. 아까 심원 패롯스를 이끄는 이철승 감독님의 변칙 승부수가 먹혀들었던 덕분에 심원 패롯스가 승리를 얻어냈다고 말씀하셨는데요. 어떻게 보세요? 앞으로도 이철승 감독님이 띄우신 변칙 승부수가 통할까요?"

"절대 통하지 않을 겁니다."

"확신하시는 건가요?"

"네. 변칙이란 것은 말 그대로 변칙이기 때문에 통하는 것입니다. 한 번은 변칙 승부수가 먹혀도 계속 먹혀들지는 않습니다. 왜냐하면 상대 팀이 그에 대한 분석을 하기 시작할 테니까요. 또, 오늘 경기에서는 미처 드러나지 않았던 변칙 승부수의 문제점들이 속속 등장할 겁니다."

"이병철 해설님의 진단이 맞는지 앞으로 지켜보겠습니다."

"오랜만에 내기라도 할까요?"

"어떤 내기를 할까요?"

"회식 내기라도 하시죠."

"좋습니다. 과연 누가 회식비를 쏘게 될지는 두고 보면 알겠죠. 저희 프로그램 홈페이지에 인증샷을 올릴 테니까 어떤 결과가 나올지 여러분도 많은 관심 가져주세요. 자, 다음은 우송 선더스와 한성 비글스의 경기로 넘어가겠습니다. 먼저 두 팀의 경기 하이라이트 영상부터 확인해 보시죠."

흥미를 잃은 태식이 TV 화면에 고정되어 있던 시선을 떼며 입을 뗐다.

"안됐네."

"네?"

"병철 선배가 회식비를 쏠 테니까."

태식이 희미한 웃음을 머금은 채 입을 떼자, 용덕수가 물었다.

"어떻게 확신하세요?"

"변칙이 정석이 될 테니까."

"변칙이 정석이 된다?"

제대로 말귀를 알아듣지 못했기 때문일까?

고개를 갸웃하고 있는 용덕수를 향해 시선을 던졌던 태식이 물었다.

"그런데 넌 표정이 왜 그래?"

7. 징크스

최종 스코어 8 : 2.

여울 데블스를 상대로 큰 점수 차의 승리를 거두며 심원 패롯스는 지긋지긋한 연패에서 벗어나는 데 성공했다.

그러나 아직 안심하긴 일렀다.

산 넘어 산이랄까.

다음 3연전 상대가 바로 리그 선두인 대승 원더스였기 때문이다.

'이번 시즌의 승부처!'

홈에서 펼쳐지는 대승 원더스의 3연전이 이번 시즌 심원 패롯스의 성적을 좌우할 승부처라고 태식은 판단하고 있었다.

"그런데 넌 표정이 왜 그래?"

용덕수를 향해 고개를 돌렸던 태식이 이내 의아한 시선을 던졌다.

심원 패롯스가 지긋지긋한 연패를 끊어내는 승리를 거두었음에도, 용덕수의 표정이 밝지 않았기 때문이다.

"그게… 고민이 많아서요."

"무슨 고민?"

"저기, 형!"

"어려워 말고 말해봐."

"저는 내일 경기 선발 라인업에 이름을 올릴 수 있을까요?"

용덕수가 잠시 망설이다가 물었다.

그 질문을 받은 태식이 대답했다.

"나야 모르지."

선발 라인업을 결정하는 것은 감독의 고유 권한이었다. 그렇지만 용덕수는 마치 따지듯이 다시 물었다.

"형이 왜 몰라요?"

"응?"

"그러지 말고 좀 알려주세요. 그동안 계속 맞추셨잖아요."

용덕수는 쉽게 물러서지 않았다.

그런 용덕수를 확인한 태식이 한숨을 내쉬었다.

"난 점쟁이가 아니다."

"에이, 자꾸 그러지 마시고요."

"기다려 봐. 푹 자고 일어나면 알게 될 테니까."

"잠이 안 와요."

"잠이 안 온다고? 왜?"

"불안해서요."

엄살이 아니었다.

용덕수는 진심으로 불안해하고 있었다. 그리고 태식은 용덕수가 불안감을 감추지 못하는 이유를 짐작할 수 있었다.

3타수 무안타.

한 경기를 거르고 여울 데블스와의 대결에 다시 주전 포수로 출전했던 용덕수는 타석에서 안타를 때려내지 못했다.

볼넷 하나를 얻어낸 것이 전부.

타석에서 부진을 벗어나지 못했기 때문에 또 선발 라인업에서 제외되는 것이 아닐까 하고 불안해하는 것이었다.

"만약 형이 끝까지 알려주시지 않으면 제 야구 인생은 끝날지도 모릅니다. 앞길이 구만리인 제 야구 인생을 끝내고 싶으세요?"

"그건 또 무슨 궤변이야?"

"궤변이 아닙니다."

"……?"

"잘 들어보세요. 형이 지금처럼 끝까지 알려주시지 않으면 저는 밤잠을 설칠 겁니다. 그럼 어떻게 될까요? 컨디션 조절에 실패해서 지금보다 훨씬 더 깊은 슬럼프에 빠지겠죠. 이렇게 계속 부진의 늪에 빠져 있다 보면, 전 결국 1군 무대에서 버티지 못하고 2군으로 내려가게 될 겁니다. 2군 생활이 얼마나 힘든지는 형도 잘 알고 계시죠? 그나마 예전에는 형과 함께여서 버틸 수 있었지만, 저 혼자만 2군으로 내려가면 절대 못 버틸 겁니다. 결국 저는 좋아하는 야구를 그만둘 수밖에 없겠죠."

"그래서?"

"네?"

"하고 싶은 말이 뭐냐고?"

"살려주시죠."

"응?"

"사람 하나 살리는 셈 치고 알려주세요."

용덕수의 간절한 표정을 확인한 태식이 더 버티지 못하고 입을 뗐다.

"푹 자라."

"저도 자고 싶죠. 그런데 잠이 안 온다니……"

"내일 경기 선발 라인업에 포함될 테니까 푹 자라고."

"정말입니까?"

"맞아."

"하지만……"

태식이 그토록 바라던 대답을 해 주었지만, 용덕수는 여전히 불안감을 떨치지 못하고 있었다.

"덕수야."

"네."

"우리 믿고 살자고 했지?"

"물론 형은 믿습니다."

"그런데?"

"그게 그러니까……."

선뜻 대답하지 못하고 슬그머니 말끝을 흐리는 용덕수를 확인한 태식이 한숨을 내쉬며 시계를 힐끗 살폈다.

원정 경기를 마치고 홈구장 인근의 숙소까지 버스로 이동한 터라, 이미 자정이 훌쩍 넘어 있었다.

더 늦으면 컨디션 조절에 어려움을 겪으며 내일 경기에 지장을 초래할 수도 있다는 생각이 들어서, 태식이 다시 입을 열었다.

"나쁘지 않았어."

"뭐가 나쁘지 않았다는 겁니까?"

"오늘 경기에서 네 활약!"

"하지만 저는 안타를 하나도 때려내지 못했는데요."

"네 말대로 안타를 때려내진 못했지. 그렇지만 볼넷을 얻어 냈잖아."

"겨우 볼넷 하나였는데요?"

"진루타도 때려냈고."

"그렇긴 하지만……."

"네가 얻어낸 볼넷 덕분에 헨리 소사에게 무사 만루의 찬스가 이어졌어. 그리고 사사구를 허용하면 또 실점할 수밖에 없는 궁지에 몰린 탓에 마이클 루니는 헨리 소사와 정면 승부를 펼칠 수밖에 없었어. 그래서 만루 홈런으로 이어진 거지. 그뿐이 아냐. 네가 진루타를 때려낸 덕분에 헨리 소사가 안타를 때려냈을 때, 2루 주자였던 대희가 홈으로 들어오며 추가 득점을 올릴 수 있었어."

태식이 설명하자, 용덕수가 희미하게 고개를 끄덕였다.

"형의 말씀을 듣고 보니 아주 나쁘진 않았네요."

그런 용덕수에게 태식이 덧붙였다.

"그게 다가 아냐."

"뭐가 또 있나요?"

"수비."

"수비요?"

"여울 데블스의 이만술 감독이 위장 스퀴즈 작전을 펼쳤을 때, 약속된 플레이로 3루 주자였던 배상우를 잡아냈잖아."

"그거야 당연히 했어야 하는 플레이였는데요."

"그래. 네 말대로 당연히 해야 하는 플레이였지. 그렇지만 당연한 플레이를 그라운드에서 펼쳤다는 것이 중요해. 그 당연한 플레이들을 펼치지 못해서 경기에서 패하는 경우도 무척 많으니까."

"명심하겠습니다."

"덕수야. 아무 걱정할 것 없다."

"네?"

"수비가 우선이고 공격은 다음이야."

"공격보다 수비가 우선이란 말씀이십니까?"

"그래. 수비를 안정시키는 것이 최우선이기 때문에 내 생각이 틀리지 않다면 올 시즌이 끝날 때까지 네가 선발 라인업에서 제외될 일은 없을 거야. 그러니까 두 발 쭉 뻗고 자도 된다고."

태식이 단언하고 나서야 용덕수의 근심 어렸던 표정이 비로소 밝아졌다. 그 표정 변화를 확인한 태식이 쓴웃음을 머금었다.

"넌 아직 젊고, 앞으로 네게 남은 기회는 무척 많다. 그러니 너무 초조해하지도 말고, 서두르지도 마라."

태식이 부진에 빠졌던 용덕수에게 틈 날 때마다 건넸던 조언들.

그렇지만 용덕수는 좀처럼 그 조언들을 받아들이지 못했다. 그래서 답답해하던 태식은 방법을 바꾸었다.

용덕수가 최근 부진을 겪었던 원인은 심리적인 문제.

좀 더 자세히 파고들면, 한동안 부진하던 강만호가 대타자로 출전한 후에 맹활약을 펼치기 시작했을 때부터 용덕수의 부진이 시작됐다.

머잖아 주전 포수 자리를 강만호에게 빼앗길 것이라는 불안감으로 인해 용덕수는 초조해졌다. 그래서 타석에서 힘이 들어가고 서둘렀기 때문에 타격 슬럼프에 빠졌던 것이었다.

그러나 오늘 대화를 나눈 이후, 상황이 달라질 가능성이 높았다.

"타석에서 계속 부진하더라도 주전 자리에서 밀려날 가능성은 없다!"

방금 태식이 건넸던 말의 요지였다. 그리고 태식이 꺼냈던 단언을 듣고 용덕수는 비로소 안심한 기색이었다.

용덕수의 마음속에 가득 들어차 있던 초조함도 덜어졌으리라.

그러니 타석에서 서두르지 않으며 자연스레 타격 슬럼프에서 벗어날 확률이 높았다.

'아무 소득도 없진 않았네!'

수면 시간을 줄여가면서 용덕수와 지금 나눈 대화.

나름대로 소득이 있었다는 생각이 들어서 태식의 입꼬리가 올라갔다.

"이제 자자."

"형, 하나만 더요."

"또 뭐냐?"

"제 타순은 바뀌겠죠?"

"응?"

"그러니까 다시 9번 타순으로 바뀌지 않을까요?"

용덕수의 질문이 끝난 순간, 태식이 의아한 시선을 던졌다.

"그게 왜 중요해?"

"실은… 9번 타자로 경기에 나서면 이상하게 타격이 안 되더라고요."

용덕수가 심각한 표정으로 대답했다.

그렇지만 태식은 속으로 코웃음을 쳤다.

용덕수가 최근 타석에서 부진했던 원인은 타순 때문이 아니었다.

진짜 원인은 주전 경쟁에서 밀려날지도 모른다는 초조함으로 인해 타석에서 서둘렀기 때문이다.

'징크스!'

인간은 약한 존재이기 때문에 징크스에 민감했다. 그리고 프로 선수들도 인간인 만큼, 징크스를 갖고 있는 경우가 다반사였다.

예를 들면 붉은색 속옷을 입었을 때는 경기가 유난히 잘 풀린다던가, 양말을 오른쪽부터 신으면 경기가 마음먹은 대로 풀리지 않는다던가 하는 것이었다. 심지어는 속옷을 갈아입으면 경기에서 패하는 경우가 잦아서, 연승을 달리는 중에는 아예 속옷을 갈아입지 않는 징크스를 갖고 있다고 인터뷰에서 고백했던 노감독의 경우도 있었다.

'만약 10연승을 했다면?'

두 주 가까이 속옷을 갈아입지 않았을 거란 생각이 퍼뜩 들어서 고개를 절레절레 내젓던 태식이 용덕수를 바라보았다.

태식이 판단하기에 징크스란 것은 결국 미신에 불과했다.

경기력에 아무런 영향도 미치지 못했다.

그렇지만 부진을 겪으며 심적으로 약해졌을 때는, 미신이나 다름없는 징크스에라도 의존하고 싶게 마련이었다.

지금 용덕수도 마찬가지였다.

세상 심각한 용덕수의 표정을 확인한 태식이 말했다.

"내일 경기에서는 슬럼프를 극복할 수 있겠네."

"네?"

"오늘 경기처럼 8번 타순에 배치될 테니까."

"정말입니까?"

한층 더 표정이 밝아졌던 용덕수가 의아한 시선을 던졌다.

"하지만 헨리 소사가 맹활약을 했는데요?"

만루 홈런을 포함해서 4타수 3안타 5타점.

헨리 소사가 오늘 경기 타석에서 남긴 기록이었다. 반면 용덕수는 타석에서 3타수 무안타로 침묵했다.

그러니 헨리 소사가 8번 타순, 혹은 그 이상의 높은 타순으로 올라오고 본인이 9번 타순으로 내려가야 정상이 아니냐?

용덕수가 던지고 있는 의아한 시선에 담긴 의미였다.

"너와 헨리 소사는 반대의 징크스를 갖고 있는 것 같은데."

"네? 그게 무슨 말씀이세요?"

"헨리 소사는 9번 타순에 배치됐을 때, 타격이 더 잘되는 것 같더라고."

"아!"

비로소 말뜻을 알아들은 용덕수를 보며 태식이 쓴웃음을 머금었다.

8번이나 다른 타순에 배치됐을 때보다 9번 타순에 배치됐던 헨리 소사의 타격이 더 좋았던 것은 사실이었다.

그렇지만 징크스 때문은 아니었다.

헨리 소사가 9번 타순에 배치됐을 때 타격이 더 좋았던 이유는 자존심에 상처를 입었기 때문이다.

그로 인해 이를 악물고 타석에서 더 집중하다 보니, 다른 타순에 배치됐을 때보다 더 좋은 결과가 나오는 것이었다. 그리고 이철승 감독이 헨리 소사의 타순을 조정할 가능성은 낮았다.

비록 연승 가도를 달리는 것은 아니었지만, 오래간만에 좋은 경기력을 보이며 승리를 거둔 상황이었다.

또, 헨리 소사가 9번 타순에 배치됐을 때, 타석에서 더 이를 악물고 집중한다는 사실을 이철승 감독도 알고 있었기 때문이다.

굳이 좋았던 것을 바꿀 필요는 없다고 이철승 감독은 판단하고 있으리라.

"그런데 형!"

"아직도 궁금한 게 남았어?"

"형도 당연히 내일 경기에 선발 출전하겠죠?"

"그래."

"형은 부담스럽지 않으세요?"

"뭐가?"

"낯선 우익수 수비요. 솔직히 말씀드리면 걱정이 됩니다."

"내가 실책을 범할까 봐?"

"그것도 있지만… 우익수 수비에 대한 부담 때문에 타격 부진이 계속 이어지지 않을까 하는 걱정이요."

용덕수의 걱정은 일리가 있었다. 그리고 가뜩이나 초조할 터

인데 태식에게까지 신경을 쓰고 있는 용덕수의 마음 씀씀이가
고마웠다.

"자신 있어. 내일 대승 원더스의 선발투수가 최동현이거든."

"네?"

"두고 보면 알게 될 거야."

영문을 모르겠다는 표정을 짓고 있는 용덕수에게 태식이 덧
붙였다.

"네가 문제야."

"제가 왜요?"

"내 수면을 방해하고 있잖아. 너만 도와주면 돼."

"쩝, 알겠습니다."

입맛을 다시고 있는 용덕수에게 태식이 말했다.

"이제 진짜 자자"

          *   *   *

심원 패롯스 VS 대승 원더스.

리그 7위와 리그 1위의 맞대결이었다.

간신히 연패를 끊어내는 데 성공한 이철승 감독이 발표한 선
발 라인업은 태식의 예상과 다르지 않았다.

선발투수가 윌린 해멀스에서 이연수로 바뀌었을 뿐, 나머지
선발 라인업과 타순은 어제 경기와 똑같았다.

이연수 VS 최동현.

연패에서 벗어나면서 분위기 반전에 성공한 심원 패롯스의 연승을 이어나가야 한다는 무거운 책임감을 안고 선발투수로 등판한 이연수는 1회를 삼자범퇴로 가볍게 처리하며 쾌조의 스타트를 끊었다.

대승 원더스의 선발투수인 최동현의 컨디션도 나쁘지 않았다.

이제는 전매특허가 된 100㎞대의 슬로우 커브를 경기 초반부터 과감하게 구사하며 심원 패롯스의 테이블 세터진을 연속 삼진으로 돌려세웠다.

3번 타자 최순규에게 볼넷을 허용했지만, 4번 타자 이명기마저 루킹 삼진으로 돌려세우며 1회 말을 무실점으로 막아냈다.

2회 초, 이연수는 대승 원더스의 4번 타자인 브래드 던과 5번 타자 정회성에게 내야 땅볼을 유도하며 2개의 아웃 카운트를 잡아냈다.

손쉽게 이닝을 마무리할 것처럼 보였지만, 6번 타자 민경상과 승부하는 과정에서 문제가 생겼다.

따악!

이연수가 초구 스트라이크를 잡기 위해 던진 슬라이더가 높게 형성되며 실투가 되었다. 그리고 6번 타자 민경상은 실투를 놓치지 않았다.

힘껏 돌린 배트 중심에 맞은 타구를 태식이 펜스까지 쫓아갔지만, 타구는 펜스를 훌쩍 넘기고 떨어졌다.

0 : 1.

불의의 일격을 당한 이연수가 로진백을 신경질적으로 내던졌다. 그러나 아직 끝이 아니었다.

슈아악!

따악!

7번 타자 김승헌에게 초구로 던진 직구가 또 한 번 제대로 맞아나갔다.

'넘어갔다!'

아까 태식과 달리 좌익수인 헨리 소사는 움직이지도 않았다.

김승헌의 타구는 관중석 상단에 떨어지는 커다란 홈런이 됐다.

백투백 홈런.

0 : 2.

이연수가 경기 초반부터 백투백 홈런을 허용하며 위기에 몰리자, 심원 패롯스 홈 팬들의 표정이 어둡게 변했다.

8. 증명

여울 데블스와의 3연전 마지막 경기에서 거둔 승리.

심원 패롯스의 연패를 끊어낸 중요한 승리였지만, 그 한 경기 승리로 연패에 빠지며 침체됐던 팀 분위기를 반전시키기는 역부족이었다.

2회 초에 백투백 홈런을 허용하고 더그아웃으로 돌아온 이연수의 표정은 어두웠다. 그리고 다른 선수들의 표정도 어둡기는 마찬가지였다.

연패를 당하는 와중에 팀에 깃든 패배 의식.

게다가 상대는 리그 선두를 달리는 강팀인 대승 원더스.

'이길 수 없다!'

어느덧 이런 생각이 선수들의 머릿속에 파고들어 있었다.

이것이 아직 경기 초반에 불과했지만, 선수들의 표정이 어두운 이유.

"분위기 반전이 필요해!"

2회 말, 첫 타자로 타석으로 향하던 태식이 혼잣말을 중얼거렸다.

팀에 만연한 패배 의식을 몰아내고, 분위기 반전을 이뤄내기 위해서 필요한 것은 추격하는 점수였다. 또, 추격점을 올리는 것이 너무 늦어져서는 안 됐다.

가뜩이나 침체된 팀 분위기가 더 지속되는 가운데 추가 실점까지 허용한다면, 추격의 동력을 완전히 상실할 수도 있었기 때문이다.

'지금!'

실점을 허용한 바로 다음 이닝에 추격하는 점수를 올리는 것이 최선이었다.

무거운 책임감을 느끼며 타석으로 들어선 태식이 마운드에 서 있는 최동현을 바라보았다.

120㎞대 중반의 평균 직구 구속.

프로 무대에서 절대 살아남을 수 없을 거라는 전문가들과 스카우터들의 평가를 받았던 최동현이었다.

그렇지만 그는 보란 듯이 프로 무대에서 살아남았다.

데뷔 시즌에 7승을 거두며 선발투수로서 가능성을 증명한 최동현은 대승 원더스 선발진의 한 축을 꿰찼다.

그 후로 매 시즌 꾸준히 10승 이상씩을 거두었고, 올 시즌에도 11승을 거두고 있는 최동현은 어느덧 대승 원더스의 토종 에이스로 성장해 있었다.

태식이 최동현을 상대하는 것은 이번이 두 번째.

첫 맞대결에서는 결과가 좋지 않았다.

최동현의 느린 직구를 만만하게 보고 타석에 들어섰지만, 제대로 타이밍을 맞추지 못했기 때문이다.

완급 조절.

최동현이 가진 가장 큰 강점이었다. 그리고 당시 최동현을 상대한 후, 태식은 느린 직구로도 프로에서 살아남았던 것에 감탄했었다.

슈아악!

최동현이 던진 초구는 커브였다.

"스트라이크!"

스트라이크존 구석을 찌르고 들어오는 커브의 제구는 훌륭했다.

구속 차이를 이용한 완급 조절과 면도날처럼 날카로운 제구력.

최동현이 프로 무대에서 살아남은 것으로 모자라 대승 원더스의 토종 에이스가 될 수 있었던 두 가지 원동력이었다.

'지난번과는 달라!'

커브를 흘려보낸 태식이 두 눈을 빛냈다.

'게스 히팅'과 눈으로 보고 하는 타격의 조합!

태식이 타격 부진에서 탈출하기 위한 해법으로 떠올린 것이었다. 그리고 오늘은 '게스 히팅'이 아니라 눈 야구를 최대한 활용할 생각이었다.

욕심 때문이 아니었다.

평균 직구 구속이 120㎞대 중반인 최동현의 공은 구종과 궤적을 눈으로 확인하고 타격하더라도 타이밍을 맞출 수 있을 거라는 자신감이 있었기 때문이다.

"자신 있어. 내일 대승 원더스의 선발투수가 최동현이거든."

어제 밤에 용덕수에게 호언장담을 했던 이유.

믿는 구석이 있었기 때문이다.

'와라!'

슈아악!

최동현이 2구째로 선택한 공은 커브.

그렇지만 아까와는 달랐다.

최동현이 구사하는 커브는 두 가지.

하나는 110㎞대 중후반의 구속이 나오는 일반적인 커브였고, 또 하나는 구속이 100㎞ 언저리인 슬로 커브였다.

'슬로 커브!'

최동현의 손에서 공이 떠난 순간, 태식은 슬로 커브라고 확신했다.

수 싸움에 성공한 것이 아니었다.

최동현의 손에서 공이 떠난 순간, 공을 쥐고 있었던 그립과 실밥의 회전을 통해 알아낸 것이었다.

'확실히 여유가 있다!'

140㎞대 중반의 구속이 나오는 공을 상대할 때와는 확실히 달랐다.

투수의 손을 떠난 공이 홈 플레이트까지 도달하는 데 걸리는 시간의 차이.

채 0.1초도 되지 않는 작은 차이였다. 그러나 그 작은 차이는 타석에 서 있는 태식에게 크게 다가왔다.

따악!

완벽한 타이밍에 걸린 타구가 높이 솟구쳤다.

멀리 뻗어나간 타구는 외야 관중석 중단에 떨어졌다.

솔로 홈런!

1 : 2.

태식이 추격하는 솔로 홈런을 터뜨린 순간, 백투백 홈런을 허용한 후 침울하게 가라앉았던 관중석이 다시 들썩이기 시작했다.

"와아!"

"김태식이 살아났다!"

"역전 가자!"

천천히 그라운드를 돈 태식이 홈 플레이트 근처에 다가와 있는 김대희와 주먹을 마주치며 말했다.

"별거 없어!"

픽 웃는 김대희를 일별한 태식이 더그아웃으로 돌아왔다.

솔로 홈런을 때려낸 자신을 환영하기 위해서 모여들어 있는 선수들과 주먹을 마주치면서 태식이 소리쳤다.

"할 수 있다!"

따악!

강만호의 배트가 매섭게 돌아갔다.

처음부터 직구 하나만 노리고 들어갔던 수 싸움이 적중했다.

강만호가 때린 타구는 깔끔한 중전 안타로 이어졌다.

태식에게 홈런을 허용한 후, 김대희와 강만호에게 연속 안타를 허용한 최동현은 당황한 기색이 역력했다.

'됐다!'

태식이 속으로 쾌재를 불렀다.

아까 추격하는 점수를 만들었던 솔로 홈런은 효과가 컸다.

하마터면 완전히 가라앉을 뻔했던 팀 분위기가 다시 올라오게 만드는 결정적인 역할을 했으니까.

한층 밝아진 선수들의 표정이 그 증거였다.

"덕수는… 좀 나아졌으려나?"

무사 1, 2루 상황에서 타석에 등장한 것은 용덕수였다.

'히트 앤 런?'

이철승 감독이 꺼낸 작전은 보내기번트가 아니라 히트 앤 런이었다. 그리고 용덕수는 작전을 충실히 수행했다.

딱!

가볍게 밀어 친 타구가 2루수 앞으로 굴러갔다.

타구 속도는 느렸고, 히트 앤 런 작전이 걸린 터라 1루 주자였던 강만호의 스타트가 무척 빨랐기 때문에 진루타가 만들어졌다.

1사 2, 3루 상황에서 타석에 들어선 것은 9번 타자 헨리 소사.

'승부를 피할 수 없다!'

1루가 비어 있는 상황이었지만, 헨리 소사와의 승부를 피하기는 어려운 상황이었다.

대기 타석에 서 있는 것이 발이 빠른 리드오프인 이종도라서 만루 작전을 펼치기에는 여러모로 부담스럽고 위험부담이 컸기 때문이었다.

슈아악.

"스트라이크!"

태식의 예상대로 최동현은 초구에 스트라이크를 던지며 승부를 걸었다.

딱!

헨리 소사는 최동현이 2구째로 던진 바깥쪽 꽉 찬 코스로 완벽하게 제구가 된 직구를 밀어쳤다.

배트 끝부분에 걸린 터라, 타격음은 둔탁했다. 그래서 맞는 순간 멀리 뻗지 못할 것이라 예상했지만, 헨리 소사의 힘은 대단했다.

배트 끝에 걸린 타구는 우익수가 원래 위치에서 다섯 걸음 정도 뒤로 물러난 지점까지 날아갔다.

타다닷.

우익수가 공을 포구한 순간, 3루 주자였던 김대희가 태그업을 시도했다.

2 : 2.

김대희가 여유 있게 홈으로 들어오며 경기의 균형추가 맞춰진 순간, 태식이 고개를 돌려서 이철승 감독을 살폈다.

계산이 서기 때문일까.

여유를 되찾은 이철승 감독이 박수를 보냈다.

팽팽한 균형을 이룬 채 경기는 4회 말로 접어들었다.

딱!

4회 말의 선두 타자로 나선 이명기가 친 타구는 먹혔다. 3루수가 대시하며 글러브가 아닌 맨손으로 공을 캐치하는 데 성공한 후, 1루로 공을 뿌렸다.

아웃 타이밍.

그러나 원 바운드로 들어간 송구를 1루수인 브래드 던이 잡았다가 놓치며 이명기는 세이프 선언을 받았다.

무사 1루의 찬스가 찾아온 순간, 태식이 타석으로 들어섰다.

야수들의 실책, 그리고 타석에 들어선 것이 2회에 홈런을 허용했던 태식이기 때문에 최동현은 분한 듯 지그시 입술을 깨물고 있었다.

슈아악!

최동현이 던진 초구는 바깥쪽 낮은 코스로 들어오는 싱커였다.

내야 땅볼을 유도해서 병살 플레이를 만들기 위한 볼 배합.

좋은 시도였지만, 최동현의 손에서 공이 떠난 순간 싱커임을 확인한 태식은 배트를 내밀지 않았다.

슈아악!

"볼!"

2구 역시 싱커였지만, 태식은 미동도 하지 않았다.

투 볼 노 스트라이크.

유리한 볼카운트로 바뀐 순간, 태식이 배트를 고쳐 쥐었다.

슈아악!

최동현이 스트라이크를 잡아내기 위해 던진 구종은 직구.

120㎞대 중반의 직구가 홈 플레이트로 파고든 순간, 태식이 배트를 휘둘렀다.

따악!

확신을 가지고 휘두른 배트에 걸린 타구가 빠르게 날아갔다.

'벗어났다!'

라인 선상 근처에 떨어진 타구를 살피던 심판이 파울을 선언했다. 그렇지만 심판이 파울을 선언하기 전에 태식은 이미 라인 선상을 벗어나는 파울이 됐음을 알아챘다.

'밀렸다!'

직구임을 확신하고 휘둘렀음에도 배트가 밀린 이유.

눈으로 보고 타격을 하는 메커니즘의 한계 때문이었다.

'120㎞대 중반의 구속은 아직 어렵다!'

이번 승부를 통해 태식은 확실히 깨달을 수 있었다.

이것이 태식이 얻은 첫 번째 소득.

그리고 방금의 승부에서 태식이 얻은 소득은 또 있었다.

간발의 차로 라인 선상을 벗어나며 파울로 선언된 타구는 날카로웠다.

만약 라인 선상 안에 떨어졌다면, 1루 주자인 이명기가 홈으로 파고들며 역전을 허용할 수도 있었던 타구였다.

비교적 배트 중심에 잘 맞은 타구는 마운드에 서 있는 최동현의 간담을 서늘케 만드는 효과가 있었다.

투 볼 원 스트라이크 상황에서 최동현이 와인드업을 마치고 공을 던졌다.

슈아악!

'커브!'

최동현의 손에서 공이 떠난 순간, 태식이 두 눈을 빛냈다.

아까의 잘 맞은 타구로 인해 재차 직구를 던지는 것에 부담감을 느낀 최동현은 커브를 던졌다.

구종을 확인한 태식이 힘차게 배트를 돌렸다.

'걸렸다!'

따악!

손바닥에 전해지는 울림이 강렬했다.

배트를 내던지고 1루로 향해 뛰어가던 태식이 달리던 속도를 줄이며 주먹을 불끈 움켜쥐었다.

연타석 홈런!

좌중간 펜스를 살짝 넘기는 투런 홈런을 날린 태식의 눈에 얼굴이 벌겋게 상기된 최동현이 보였다.

'내려가지 마라!'

태식이 속으로 말했다.

지난 대결과는 확실히 달랐다.

평균 직구 구속이 120㎞대 중반에 불과한 느린 공을 던지는 최동현은 눈으로 보고 타격을 하는 메커니즘을 구사하고 있는 태식에게 좋은 먹잇감이었다.

비록 120㎞ 중반의 직구에는 눈으로 보고 타격을 하는 메커니즘이 완벽치 않아 배트가 따라가지 못했지만, 120㎞ 미만의 브레이킹 볼에는 정확히 타이밍을 맞추며 원하던 타격이 가능했다.

해서 최동현이 강판당하지 않기를 바라며 천천히 그라운드를 돈 태식이 더그아웃으로 돌아왔다.

"끝내줬습니다."

엄지를 추켜올린 채 반갑게 맞이하고 있는 용덕수에게 태식이 화답했다.

"아직 멀었다."

리그 선수를 달리고 있는 강팀답게 대승 원더스는 저력이 있었다.

일찌감치 선취점을 올리며 앞서가던 경기가 뒤집혔음에도, 선수들은 동요하지 않고 집중력을 유지했다.

4회에 한 점, 5회에 한 점.

두 점을 따라붙으며 기어이 동점을 만들어냈다.

그리고 6회 초.

따악!

투 아웃까지 잘 잡아냈던 이연수는 3번 타자 조정훈과 4번 타자 브래드 던에게 연속 안타를 허용하며 2사 1, 3루의 위기에 다시 몰렸다.

계속 이연수에게 마운드를 맡기는 것이 무리라고 판단한 이철승 감독이 더그아웃을 박차고 나와 마운드로 올라갔다. 그리고 이연수를 내리고 필승조에 속해 있는 한원희를 마운드에 올렸다. 그러나 한원희는 승계 주자를 막아내라는 본인에게 주어진 임무를 수행하는 데 실패했다.

따악!

5번 타자 정회성이 친 땅볼 타구는 1, 2루 간을 꿰뚫는 우전 안타가 됐다.

'여기서 막아야 해!'

3루 주자인 조정훈에게 실점을 허용하는 것은 막을 수 없었다. 그렇지만 추가 실점을 허용하는 것은 막아야 했다.

물론 한원희가 이후 좋은 투구로 위기를 넘길 수 있었지만, 제대로 불이 붙기 시작한 대승 원더스 타선의 막강 화력을 감안하면 불안했다.

타다다닷!

1루 주자였던 브래드 던이 2루 베이스를 통과한 후 멈추지 않고 3루로 내달리는 것이 보였다.

글러브로 공을 잡은 태식이 망설이지 않고 3루를 향해 송구했다.

쐐애액!

강하고 정확한 태식의 송구는 노 바운드로 김대희의 글러브에 빨려 들어갔다. 그리고 김대희는 여유 있게 브래드 던을 태그하며 이닝을 마무리했다.

"좋아!"

4 : 5.

비록 역전을 허용하는 것은 막을 수 없었지만, 추가 실점을 허용하지 않고 이닝을 마무리한 것은 다행이었다.

한 점차라면 추격할 수 있다는 희망의 끈이 남아 있었으니까.

"김태식!"

태식이 더그아웃으로 돌아가자, 이철승 감독이 불렀다.

"네, 감독님."

"그때 했던 말, 증명했네."

"네?"

"외야 수비도 자신 있다고 말했잖아. 그 말을 증명했다고."

"네."

"송구, 끝내줬다."

이철승 감독이 엄지를 추켜올리며 덧붙였다.

"그런데… 아직 증명 안 끝났다."

"무슨 말씀이신지?"

"타격 슬럼프에서 완전히 벗어났다는 것도 증명해 봐."

이철승 감독이 기대에 찬 시선을 던졌다.

'욕심!'

그 말을 들은 태식이 떠올린 단어였다.

연타석 홈런.

오늘 경기 두 타석에 들어섰던 태식은 모두 홈런을 기록했다.

연타석 홈런만으로도 이미 타격 슬럼프에서 벗어났다는 것을 증명하기에 충분했다. 그렇지만 이철승 감독은 부족하다고 말하고 있었다.

만약 평소였다면 이철승 감독의 기대와 욕심이 부담스러웠으리라.

그러나 지금은 아니었다.

최동현이 아직 마운드 위를 지키고 있는 상황.

태식은 최동현의 공을 공략해 낼 수 있다는 자신감이 있었기 때문이다.

"곧 증명해 드리겠습니다."

9. 천적

6회 말, 심원 패롯스의 공격은 2번 타자 임현일부터 시작이었다.

2타수 무안타.

최동현의 완급 조절로 인해 전혀 타이밍을 잡지 못하며 지난 두 타석에서 모두 헛스윙 삼진으로 물러났던 임현일은 세번째 타석에서는 다른 모습을 보였다.

따악!

최동현이 던진 슬로 커브를 정확한 타이밍에 받아쳐서 중견수의 키를 넘기는 2루타를 만들어냈다.

"노림수가 통했네!"

이대로라면 계속 끌려다닐 수밖에 없다.

차라리 타석에서 하나의 구종만 노리자.

지난 두 타석에서 허무하게 헛스윙 삼진을 당하고 나서, 임현일은 이런 깨달음을 얻었을 것이었다. 그리고 슬로우 커브만 노리고 들어간 덕분에 마침내 장타를 터뜨린 것이었다. 그렇지만 최순규는 진루타나 적시타를 때려내지 못했다.

"스트라이크아웃!"

커브에 헛스윙을 하며 삼진으로 물러났다.

무사 2루 상황이 1사 2루 상황으로 바뀌었다. 그리고 최동현은 4번 타자 이명기와 신중하게 승부를 펼쳤다.

풀카운트까지 이어진 승부.

슈아악!

6구째로 최동현이 선택한 공은 직구였다.

5구째에 슬로 커브를 던지며 타이밍을 빼앗은 최동현이 과감하게 몸 쪽으로 던진 6구째 직구는 이명기의 허를 찔렀다.

"스트라이크아웃!"

루킹 삼진을 당한 이명기가 고개를 절레절레 흔들며 더그아웃으로 돌아왔다.

"128km? 빠르네."

전광판에 찍혀 있는 구속을 확인하고 혼잣말을 꺼냈던 태식이 이내 픽 하고 실소를 터뜨렸다.

150km에 육박하는 빠른 공을 던지는 투수들이 수두룩한 상황.

128km의 구속을 확인하고 빠르다고 감탄하는 것이 어울리

지 않는 반응이란 생각이 퍼뜩 들었다. 그러나 태식은 이내 고개를 흔들었다.

128㎞의 구속을 기록한 직구.

오늘 선발투수로 나선 후 지금까지 마운드를 지키고 있는 최동현이 던졌던 공들 가운데 가장 구속이 빠른 공이었다.

혼신의 힘을 다해 던진 직구.

'다행인가?'

타석으로 들어서며 태식이 속으로 생각했다.

만약 이명기에게 동점을 허용하는 적시타를 내줬다면?

대승 원더스의 정재영 감독은 이미 5실점을 허용했고, 또 한계 투구 수에 거의 다다라 있는 최동현을 강판시켰을 가능성이 높았다. 그러나 최동현이 클린업트리오 가운데 3번 타자 최순규와 4번 타자 이명기를 잇따라 삼진으로 돌려세웠기에, 정재영 감독은 마운드로 올라오지 않고 이닝을 마무리할 기회를 줬다.

'바라던 대로 됐군!'

연타석 홈런을 때리고 그라운드를 돌 때, 다음 타석에도 최동현이 마운드를 지켰으면 하고 바랐다.

그런 태식의 바람은 이뤄져 있었다.

'직구 아니면 싱커!'

2회에 첫 홈런을 허용할 때 최동현이 던졌던 구종은 슬로 커브, 그리고 4회에 두 번째 홈런을 허용할 때 던졌던 구종은 커브였다.

이미 홈런을 허용한 만큼 슬로 커브와 커브는 이번 승부에서 구사하지 않을 가능성이 높았다. 그래서 직구와 싱커 중 어느 구종이 들어올까 고심하던 태식이 쓰게 웃으며 고개를 흔들었다.

본능적으로 수 싸움을 펼치고 있었지만, 굳이 수 싸움을 펼칠 필요가 없었다.

최동현의 손을 떠난 공을 눈으로 확인하고 나서 타격해도 충분했으니까.

슈아악!

최동현이 와인드업을 마치고 초구를 던졌다.

오늘 경기, 태식에게 두 개의 피홈런을 허용했던 것을 갚아주기 위함일까.

최동현이 이를 악물고 던진 공이 홈 플레이트를 향해 날아들었다.

'싱커!'

내야 땅볼을 유도하기 위한 바깥쪽 싱커임을 확인한 태식이 배트를 내밀지 않고 참아냈다.

"볼!"

2구째 역시 싱커!

"볼!"

역시 태식이 참아내면서 볼카운트는 투수에게 불리하게 볼카운트가 바뀌었다.

'비슷해!

그 순간, 태식이 떠올린 생각이었다.

지난 두 번째 타석에서도 최동현이 던진 두 개의 싱커를 참아내며 타자에게 유리한 볼카운트가 됐었다. 그래서 당시 승부와 전개가 무척 비슷하다는 생각이 퍼뜩 든 것이었다.

'직구를 던졌었지!'

지난 타석에서 최동현은 3구째로 직구를 선택했었다. 그렇지만 이번에는 다른 선택을 내렸다.

'싱커!'

3구 역시 싱커를 선택했다.

'낮다!'

태식은 홈 플레이트를 통과한 싱커가 조금 낮았다고 판단했다. 그렇지만 주심의 판단은 달랐다.

"스트라이크!"

최동현의 3구째 싱커가 스트라이크존 낮은 코스를 통과했다고 판단했다.

3구째 싱커가 스트라이크 판정을 받은 순간, 최동현의 표정이 조금 밝아졌다.

슈아악!

그리고 4구째도 싱커를 선택했다.

허를 찌른 볼 배합.

"스트라이크!"

태식이 속으로 혀를 내둘렀다.

볼 배합만 빛을 발한 것이 아니었다. 최동현의 장점 가운데 하나인 제구는 이번에도 빛을 발했다.

4구째 공은 3구째 공과 거의 똑같은 코스로 파고들며 다시 주심의 손을 끌어 올리는 데 성공했다.

그리고 5구째.

슈아악!

최동현이 선택한 공은 직구였다.

딱!

태식이 배트를 휘둘렀지만, 타이밍에서 밀렸다.

3루측 더그아웃 쪽으로 날아가며 파울이 됐고, 태식이 잠시 뜸을 들이다가 타석으로 돌아왔다.

슈아악!

수 싸움을 할 시간을 주지 않기 위함일까.

최동현은 투구 간격을 좁혔다.

그리고 최동현이 6구째로 선택한 공은 다시 싱커였다.

"볼!"

스트라이크 판정을 받았던 때와 거의 흡사한 코스로 날아든 공이었지만, 볼 반 개 정도가 더 낮았다.

태식은 배트를 휘두르지 않았고, 주심은 움찔했다, 그렇지만 주심은 스트라이크 선언을 하지 않았다.

풀카운트가 된 순간, 최동현이 아쉬운 기색을 드러냈다.

그러나 그도 잠시.

최동현은 다시 와인드업을 하고 7구째 공을 던졌다.

슈아악!

딱!

태식이 직구를 받아쳤지만, 파울이 됐다.

딱!

딱!

최동현이 선택한 8구와 9구도 역시 직구.

태식이 커트해 내며 계속 승부가 이어졌다.

그리고 10구째.

슈아악!

최동현이 다시 직구를 던졌다.

힘이 떨어진 걸까.

따악!

태식이 받아친 타구는 이전과는 조금 달랐다.

배트 중심에 걸린 타구는 라인 선상을 타고 빠르게 날아갔다. 3루수가 몸을 날렸지만, 잘 맞은 타구를 막아내기에는 역부족이었다.

파울!

마지막 순간에 살짝 벗어나며 파울이 선언된 순간, 최동현의 표정이 굳어졌다.

직구에 타이밍이 서서히 맞아간다고 판단했기 때문이리라.

12구째 승부.

최동현은 이전과는 달리 투구 간격을 늘렸다.

태식의 머릿속을 복잡하게 만들기 위함이리라.

만약 일반적인 경우였다면 타자를 혼란스럽게 만드는 데 성공했을 터였다. 그러나 태식의 경우는 달랐다.

'슬로 커브?'

마치 작정이라도 한 듯 이번 승부에서 최동현은 커브를 배제했다.

그렇지만 잇따라 네 개의 직구를 던진 상황.

태식의 타격 타이밍을 빼앗기 위해서 슬로 커브를 던질 가능성이 높다는 생각이 퍼뜩 들었다. 그리고 설령 이 판단이 틀렸다고 해도 상관없었다.

최동현의 손에서 공이 떠난 순간, 눈으로 구종을 확인하고서 타격을 하거나 커트를 하면 됐으니까.

슈아악!

'왔다!'

최동현의 손에서 공이 떠난 순간, 태식은 자신의 예상이 적중했음을 알아챘다.

120㎞대 후반의 구속이 나오는 직구와 100㎞대 언저리의 구속이 나오는 슬로 커브.

약 30㎞의 구속 차이를 이용해 태식의 타이밍을 빼앗으려는 시도였다.

그러나 결과적으로는 악수를 둔 셈이었다.

타석에 들어선 후, 브레이킹 볼이 들어오기만을 기다리고 있었던 태식이 힘차게 배트를 돌렸다.

따악!

묵직한 타격음이 흘러나온 순간, 최동현이 바닥에 털썩 주저

앉는 것이 보였다. 그리고 그는 고개를 돌려 타구의 궤적을 눈으로 좇지 않았다.

오늘 경기에서만 태식에게 세 번째 홈런을 허용했다는 사실을 본능적으로 알아챘기 때문이다.

와아!

와아아!

태식이 3연타석 홈런을 터뜨린 순간, 관중석이 크게 들썩였다. 그리고 천천히 그라운드를 돌던 태식이 떠올린 단어는 천적이었다.

                    *   *   *

6 : 5.

8 : 2.

5 : 3.

두 팀의 3연전, 최종 스코어였다.

심원 패롯스는 모두의 예상을 깨고 대승 원더스를 상대로 스윕을 거두었다.

그것도 3연전 첫 경기를 제외하고는 별다른 고비도 없었던 일방적인 승리였다.

4연승을 내달린 심원 패롯스는 정규 시즌 막바지에 상승 분위기를 타기 시작했다.

리그 순위는 여전히 7위.

그렇지만 리그 5위인 마경 스왈로우스와의 격차를 5게임에서 3게임으로 좁히는 데 성공했다. 그리고 상위권 판도도 뒤흔들었다.

후반기 들어 단 한 번도 리그 선두를 놓치지 않았던 대승 원더스는 심원 패롯츠에 스윕을 허용하며 처음으로 리그 2위로 추락했다.

<김태식 시리즈. 심원 패롯츠의 가을 야구 희망을 이어가다>

"형, 이 기사 보셨어요?"

"뭔데?"

"김태식 시리즈라. 기사 제목 진짜 끝내주게 뽑았네요."

태블릿PC를 바라보던 용덕수가 흥분을 감추지 못하고 말했다.

"오버다."

"오버 아닙니다. 첫 경기에서 3연타석 홈런을 터뜨리셨고, 다음 두 경기 모두 결승 타점을 올리셨잖아요. 이번 시리즈의 스윕, 형이 멱살 잡고 캐리했다는 것, 아무도 부인할 수 없습니다."

13타수 8안타. 타점 10개.

대승 원더스와 3연전 동안 태식의 타석에서의 기록이었다. 그리고 수비에서도 강하고 정확한 송구로 팀에 기여했다.

그러니 '김태식 시리즈'라는 요란한 기사 제목까지 등장했던 것이다.

"지금 그렇게 웃고 있을 때가 아냐."

"왜요?"

"우리 팀에 새로운 문제가 생겼거든."

"무슨 문제요?"

태식의 말이 끝나자, 용덕수가 의아한 시선을 던졌다.

4연승을 달리고 있는 상황.

게다가 리그 상위권인 여울 데블스와 대승 원더스를 상대로 거둔 연승이었다

그런데 태식이 팀에 새로운 문제가 생겼다고 말하자, 의아한 시선을 던지는 것이었다.

"불균형!"

"무슨 불균형이요?"

"상하위 타선의 불균형!"

태식이 확신에 찬 목소리로 말했지만, 용덕수는 순순히 수긍하지 않았다.

"에이, 그 말씀은 좀 아닌 것 같은데요. 이번 시리즈에서는 하위 타선이 폭발하지 않았습니까?"

"그래서 불균형이 생겼다고 말한 거야."

"네?"

"상위 타선보다 하위 타선이 더 강해졌거든."

태식이 씨익 웃으며 말했다. 그제야 태식이 농담을 했다는 사실을 깨달은 용덕수도 환하게 웃다가 이내 고개를 갸웃했다.

"어, 그 여기자가 아니네요."

"응?"

"이 기사 말입니다. 당연히 송나영이란 여기자가 작성했을 거라 생각했는데 아니네요. 이동희 기자네요. 그러고 보니… 그 여기자분이 요즘 조용하네요."

"바쁜가 보지."

"역시 프로의 세계는 냉정하네요."

"그건 또 무슨 소리야?"

"형과 제 성적이 조금 부진하니까 딱 연락을 끊어버리잖아요."

용덕수가 절레절레 고개를 흔들 때였다.

지이잉. 지이잉.

탁자 위에 올려두었던 태식의 폴더폰이 진동했다. 그리고 폴더폰을 들어서 발신자를 확인한 태식이 희미하게 웃으며 말했다.

"야구 잘하면 돼."

"네?"

태식이 진동하고 있는 휴대폰을 턱짓으로 가리키며 덧붙였다.

"야구 잘하니까 다시 연락이 오잖아."

·

10. 유효합니다

"자, 드시죠."

김태식이 카운터에서 가져온 아이스커피를 송나영의 앞으로 내밀었다.

"잘 마실게요."

무더운 날씨 때문에 갈증이 났다. 그래서 송나영이 검정색 빨대에 입을 갖다 댔을 때, 김태식이 말했다.

"그동안 왜 안 찾아오셨어요?"

"네?"

"부진에 빠지면 내가 미저리처럼 쫓아다닐 거다. 그러니까 앞으로도 야구 잘해야 한다. 일전에 이렇게 엄포를 놓으셨잖아요?"

얼마 전에 송나영이 김태식에게 했던 말이었다. 그렇지만 송나영은 그 엄포대로 김태식을 찾아가서 괴롭히지 않았다.

"귀찮아서요."

"네?"

"도시락 싸기가 귀찮아서 안 찾아갔어요."

"하핫!"

농담이 먹힌 듯, 김태식이 크게 웃음을 터뜨렸다. 그렇지만 송나영이 김태식을 찾아가지 않았던 이유는 따로 있었다.

'부담을 주는 게 아닐까?'

슬럼프에 빠졌을 때, 가장 힘든 것은 선수 본인이었다.

자신이 찾아가 봐야 부담이 될 뿐이라는 것을 송나영이 누구보다 잘 알았다. 그래서 프랜차이즈 도시락 업체에서 도시락을 구입해서 쫓아다니고 싶은 것을 꾹 눌러 참았다. 그리고 필사의 인내심을 발휘한 것은 효과가 있었다.

김태식은 보란 듯이 타격 슬럼프에서 벗어났으니까.

"어떻게 타격 슬럼프에서 벗어났어요?"

"송 기자님의 조언이 큰 역할을 했습니다."

"제가 한 조언요?"

"조언이 아니라 진단이라고 표현하는 것이 더 맞는 표현이겠네요. 지난번에 만났을 때, 욕심 때문이라고 말씀하셨잖아요."

"아, 그거요."

당시의 기억을 떠올리는 데 성공한 송나영이 쓴웃음을 머금었다.

엄밀히 말하면 송나영이 했던 진단이 아니었다.

캡인 유인수가 했던 진단이었다.

"조울증이 있고, 말도 막 하는 편이긴 하지만, 우리 캡이 실력은 있거든요."

"네, 덕분에 타격 슬럼프를 극복했습니다."

"심원 패롯스는 4연승을 달렸고요."

"네."

"어때요?"

"갑자기 무슨 말씀이신지?"

"우승할 수 있을 거라고 했던 말, 아직 유효한가요?"

심원 패롯스의 현재 순위는 7위.

가을 야구 참가도 어려운 상황이었다. 그렇지만 김태식은 확신에 찬 목소리로 대답했다.

"유효합니다."

"뭘 믿는 거죠?"

김태식이 대답했다.

"우리 팀이 강해졌거든요."

*   *   *

심원 패롯스 VS 한성 비글스.

4연승을 달리고 있는 심원 패롯스의 다음 상대는 한성 비글스였다.

리그 7위와 리그 9위의 맞대결.

하위권에 처져 있다는 것은 마찬가지였지만, 양 팀의 상황은 조금 달랐다.

심원 패롯스는 아직 가을 야구 진출을 포기하지 않은 반면, 한성 비글스는 산술적으로 어렵다는 판단을 내리고 내년 시즌을 대비한 리빌딩에 중점을 두고 있는 상황이었기 때문이다.

두 팀의 2연전을 앞두고 전문가들의 예상은 엇갈렸다.

톰 하디 VS 양성태.

명실공히 심원 패롯스의 에이스인 톰 하디와 주로 2군에서 머물다가 확대 엔트리를 통해 1군에 진입한 양성태의 선발 맞대결.

무게추가 톰 하디 쪽으로 기우는 것은 어쩔 수 없었다.

게다가 강팀이었던 대승 원더스를 상대로 스윕을 거두면서 4연승을 내달린 심원 패롯스는 분위기가 상승세였다.

그런 이유로 심원 패롯스의 우세를 점치는 전문가들이 절반가량이었지만, 나머지 절반가량은 반대의 예측을 했다.

그 이유는 심원 패롯스가 '도깨비 팀'이었기 때문이다.

후반기에 접어든 심원 패롯스는 '도깨비 팀'이란 별명을 얻었다.

그 이유는 두 가지.

우선 연승과 연패를 거듭하며 롤러코스터 같은 행보를 보였기 때문이다.

또 하나의 이유는 강팀과의 맞대결에서는 자주 승리를 거두면서도, 약체로 꼽히는 팀과의 대결에서는 패배가 많았기 때문이다.

지난 대승 원더스와의 3연전에서 모두의 예측과 달리 스윕을 거두면서 '도깨비 팀'이라는 심원 패롯스의 이미지는 더욱 굳어졌다.

이런 이유로 심원 패롯스가 약팀인 한성 비글스와의 대결에서 어려움을 겪을 것이라는 예측을 내놓은 것이었다.

문제는 심원 패롯스 선수들도 이런 사실을 알고 있다는 점이었다.

규칙이란 무서운 법이었다.

비슷한 패턴이 지속되면서 마치 규칙처럼 자리를 잡게 되면, 몸과 마음이 위축되게 되기 때문이다.

"스트라이크아웃!"

한성 비글스의 선발투수인 양성태는 땅볼 두 개, 삼진 하나로 1회 초 수비를 깔끔하게 삼자범퇴로 마무리했다.

"좋지 않아!"

우익수 수비 위치로 걸어 나가던 태식이 작게 혼잣말을 꺼냈다.

양성태는 프로 2년 차에 불과한 신인 투수.

1군 무대 마운드에 선 것은 손에 꼽힐 정도였고, 선발투수로 나선 것은 오늘이 프로 데뷔 후 처음이었다. 그리고 신인이 무서울 때는 기세를 탔을 때였다.

"내 공이 통한다!"

이런 확신을 가지게 되면, 양성태는 마운드에서 자신감을 얻게 될 것이었다. 그리고 어느 시점까지는 가진 것 이상을 끌어내며 좋은 투구를 펼칠 확률이 높았다.

해서 1회 초 공격이 아쉬웠다.

반대로 양성태가 초반에 공략을 당했다면?

그는 본인의 공에 확신을 가지지 못한 채 스스로 와르르 무너졌을 것이었다. 그리고 경기는 쉽게 풀렸을 터였다.

하지만 너무 쉽게 삼자범퇴를 당하면서 양성태의 기를 살려준 셈이었다.

따악!

1회 말, 한성 비글스의 리드오프로 나선 장유천은 초구를 공략했다. 그리고 장유천이 때린 타구는 좌측 펜스를 직격하고 튀어나왔다.

발이 빠른 장유천은 느긋하게 2루에 도착했다.

무사 2루.

실점 위기에서 등장한 것은 2번 타자 엄지호였다.

양성태와 마찬가지로 확대 엔트리를 통해 1군 무대로 진입한 선수.

선발 라인업에 이름을 올린 것은 지난 경기에 이어 이번이 올 시즌 두 번째였다.

2타수 무안타.

지난 경기 8번 타자로 나섰던 엄지호는 두 번 타석에 들어서 모두 헛스윙 삼진으로 물러났다. 그리고 경기 도중 교체됐었다.

오래간만에 찾아온 기회를 놓치지 않겠다는 다부진 각오를 드러내듯 타석에 선 엄지호의 표정은 말 그대로 비장했다.

슈아악!

톰 하디가 초구로 선택한 공은 몸 쪽 직구!

신인인 엄지호를 기를 꺾어놓기 위한 선택이었다. 그러나 조금 깊었다.

퍽!

톰 하디가 던진 몸 쪽 직구는 엄지호의 허벅지에 맞았다.

사구.

보통의 타자였다면 피했으리라.

그러나 1군에서 살아남기 위해서 혈안이 돼 있는 엄지호는 150㎞에 육박하는 직구가 날아들었음에도 피하지 않았다.

어떻게든 출루하기 위해서 그대로 서서 공을 맞고 출루했다.

무사 1, 2루.

타석에는 3번 타자 매트 필립스가 등장했다.

올 시즌 타율 0.290.

홈런 19개를 기록 중인 매트 필립스는 나름대로 준수한 활약을 펼쳤다. 그렇지만 재계약 여부는 아직 유동적인 상황이었다.

다음 시즌 반등을 위해서는 좀 더 좋은 외국인 타자를 영입해야 한다는 주장과, 올 시즌을 통해 한국 야구에 어느 정도 적응한 상황이니 이만한 외국인 타자를 찾기 어렵다는 주장이 엇갈리고 있었다.

"위험해!"

타석에 들어서는 매트 필립스를 지켜보던 태식이 작게 혼잣말을 꺼냈다. 그리고 태식이 위험하다고 판단한 이유는 매트 필립스에게 동기부여가 될 요소가 있었기 때문이다.

"내년에도 한국에서 뛰고 싶소."

매트 필립스는 인터뷰를 할 때마다 KBO 리그에서 계속 뛰고 싶다는 욕심을 꾸준히 드러냈다. 그렇지만 그가 올 시즌 KBO 리그에서 뛰며 지금까지 올린 성적에는 아직까지 물음표가 붙어 있는 상황이었다.

이제 남은 시즌이 길지 않은 상황.

한성 비글스는 산술적으로 가을 야구 진출이 불가능한 상황이었다. 그런 만큼 매트 필립스가 KBO 리그에서 계속 뛰고 싶다는 욕심을 이루기 위해서는 얼마 남지 않은 정규 시즌 동안 자신의 이름 앞에 붙어 있는 물음표를 느낌표로 바꿀 수 있을 정도의 맹활약이 필요했다.

쉽게 말해 가을 야구 진출이 무산된 한성 비글스의 팀 측면에서는 동기부여 요소가 없었지만, 매트 필립스에게는 분명한 동기부여 요소가 있었다.

"홈런을… 노리겠지!"

올 시즌 매트 필립스가 기록하고 있는 홈런 개수는 19개.

19개의 홈런을 기록한 것과 20개의 홈런을 기록한 것은 많이 달랐다.

개수는 하나 차이였지만, 20개 이상의 홈런을 기록한다는 것은 장타력을 증명할 수 있는 지표가 되기에 충분했으니까.

그뿐이 아니었다.

매트 필립스는 현재까지 90타점을 올리고 있었다.

"20홈런, 그리고 100타점!"

매트 필립스가 내심 달성하고자 하는 기록이었다.

"마지노선!"

20개 이상의 홈런과 100개 이상의 타점을 올리면 재계약이 가능할 것이다.

매트 필립스는 이 두 가지 조건을 충족시키는 것이 한성 비글스와의 재계약을 위한 마지노선이라고 판단하고 있을 확률이 높았다. 그리고 타점을 올리는 가장 손쉬운 방법은 홈런을 때려내는 것이었다.

이미 두 명의 주자가 루상에 나가 있는 상황.

매트 필립스가 욕심을 내는 것은 당연했다.

그런 태식의 예상을 적중했다.

부우웅.

원 볼 상황에서 톰 하디가 던진 포크볼에 속아 매트 필립스는 헛스윙을 했다. 그런 그의 스윙은 장타에 대한 욕심이 고스란히 전해질 정도로 컸다.

원 볼 원 스트라이크.

톰 하디는 3구째로 바깥쪽 낮은 코스의 직구를 선택했다.

장타를 노리고 있는 매트 필립스를 의식한 볼 배합.

그렇지만 포수인 용덕수가 내민 글러브 위치보다 조금 가운데로 공이 몰렸다. 또 공이 높게 형성된 편이었다. 그리고 재계약을 원하고 있는 매트 필립스는 톰 하디의 실투를 놓치지 않고 힘껏 받아쳤다.

쓰리런 홈런.

마침내 시즌 20홈런을 기록한 매트 필립스가 천천히 그라운드를 돌았다.

0 : 3.

아웃 카운트를 하나도 잡아내지 못한 채 3실점을 허용한 톰 하디의 표정은 잔뜩 굳어져 있었다. 그리고 표정이 굳어진 것은 톰 하디만이 아니었다.

"또 같은 패턴으로 패하는 것이 아닐까?"

강팀에게는 강하지만, 약팀에는 약하다.

이런 공식이 오늘 경기에서도 재현되지 않을까 하는 우려로 인해 심원 패롯스 선수들의 낯빛도 어둡게 바뀌어 있었다.

"더 실점하면 곤란해!"

태식이 혼잣말을 꺼냈다.

톰 하디도 그 사실을 알고 있기 때문일까.

방심을 버린 톰 하디는 전력투구를 펼치면서 확실히 달라진 모습을 선보였다.

"스트라이크아웃!"

톰 하디는 매트 필립스에게 홈런을 얻어맞고 3실점을 한 후, 후속 세 타자를 모두 삼진으로 돌려세우며 1회 말을 마무리했다.

석 점의 지원은 컸다.

기세가 한껏 오른 양성태는 2회 초에도 자신 있게 공을 뿌렸다.

바깥쪽으로 예리하게 휘어져 나가는 슬라이더를 던져 4번 타자인 이명기의 헛스윙을 끌어내며 삼진으로 돌려세웠다.

"최대한 빨리 따라붙어야 해!"

타석으로 들어서며 태식이 각오를 다졌다.

신인 투수 양성태의 기세가 한껏 오른 데다가, 한성 비글스 타선은 심원 패롯스의 에이스인 톰 하디를 상대로 먼저 3점을 뽑아내며 양성태의 어깨를 가볍게 만들어준 상황이었다.

이런 상황이 좀 더 지속되면 양성태의 호투에 가로막혀서 오늘 경기를 그르칠 가능성도 충분했다.

'반격!'

타석에 선 태식이 신중하게 양성태와 상대했다.

평균 구속 141km의 직구 구속.

사이드암 투수임을 감안하면 직구 구속이 빠른 편이었다.

주 무기는 아래로 떨어지는 싱커.

그리고 횡으로 휘어져 나가는 슬라이더도 예리한 쓰리 피치 유형의 투수였다.

'직구를 노린다!'

조금 전에 4번 타자인 이명기마저 삼진으로 돌려세우며 양성태는 한껏 기세가 올라 있는 상황이었다. 그리고 경기 초반 양성태의 투구 패턴은 직구와 싱커로 카운트를 잡고 슬라이더를 결정구로 사용하고 있었다.

슈아악!

"볼!"

양성태가 던진 초구는 싱커.

타자의 무릎 높이로 파고든 싱커가 볼 판정을 받자, 양성태는 아쉬운 기색을 감추지 않고 드러냈다.

그리고 2구째.

태식의 예상대로 양성태는 스트라이크를 잡기 위해서 바깥쪽 직구를 던졌다.

따악!

태식이 힘들이지 않고 가볍게 밀어 친 타구는 좌익수 앞에 떨어지는 안타가 됐다.

팀의 첫 안타.

1루로 나간 태식이 조금씩 리드 폭을 늘렸다.

1군 무대에서 선발투수로 나선 경험이 전무한 신인급 투수인 양성태를 흔들어놓기 위함이었다.

스윽!

태식의 리드 폭이 늘어난 순간, 양성태가 잇따라 견제구를 던졌다. 그리고 김대희는 경험이 풍부한 타자였다.

태식이 리드 폭을 늘리며 1, 2루 간이 넓어졌다는 사실을 깨닫고 양성태가 던진 직구를 가볍게 밀어 쳤다.

김대희가 밀어 친 타구가 우전 안타가 된 순간, 일찌감치 스타트를 끊은 태식이 3루에 안착했다.

1사 1, 3루.

1사 후에 연속 안타를 허용한 양성태의 표정이 잔뜩 굳어져 있었다. 그리고 아직 끝이 아니었다.

1루 주자 김대희가 리드 폭을 늘렸다.

타다닷!

언제든지 도루를 시도할 수 있다는 사실을 알려줄 요량으로 김대희는 과감하게 스타트를 끊었다.

진짜 도루를 시도한 것이 아니었다.

스타트를 빠르게 끊으며 양성태의 신경을 곤두서게 만드는 데 주력했다.

'이철승 감독의 지시!'

1군 경험이 많지 않은 양성태가 주자에게 신경을 쓰다 보면 타자와의 승부에 집중하지 못할 것이다. 또, 지금까지 좋았던 투구 리듬이 깨질 것이다.

이철승 감독이 내린 판단이었다.

해서 이철승 감독은 김대희에게 도루를 지시하지 않고 스타트를 끊기만 하면서 양성태를 괴롭히라는 지시를 내린 것이었다. 그리고 이철승 감독의 판단은 옳았다.

"볼넷!"

태식과 김대희.

루상의 주자들에게 신경을 쓰느라 타석에 선 강만호와의 승부에 집중하지 못했던 양성태는 볼넷을 허용하며 만루 위기를 자초했다.

1사 만루가 되자, 한성 비글스의 정규만 감독이 직접 마운드로 걸어 올라왔다. 그런 그는 양성태를 교체하지 않고 몇 마디 이야기를 주고받은 후 내려갔다.

루상이 꽉 찼으니 더 이상 주자의 움직임에 신경 쓸 것 없다. 그러니 타자와의 승부에 집중해라.

정규만 감독이 흔들리는 양성태에게 건넸을 조언이었다. 그리고 8번 타자인 용덕수가 타석에 들어섰다.

작전을 확인하기 위해 3루 코치 쪽을 바라보던 용덕수와 태식의 시선이 마주쳤다. 그 순간, 태식이 손을 들어 엄지와 검지로 두 눈을 만졌다.

11. 호사다마(好事多魔)

손을 들어서 엄지와 검지로 두 눈을 만지는 것!

태식과 용덕수.

둘 사이에 약속된 수신호였다.

그동안 수신호를 사용하지 않았기 때문에 용덕수는 타석에서 물러나 재차 확인하기 위해 태식을 바라보았다. 그리고 태식은 잘못 본 것이 아님을 알려주기 위해서 다시 엄지로 검지로 두 눈을 만졌다.

슬라이더!

수신호에 담긴 의미였다. 그리고 태식이 슬라이더를 노리라고 신호를 보낸 이유는 조금 전에 정규만 감독이 마운드 위로 향했기 때문이다.

태식과 김대희에게 연속 안타를 허용한 것.

정규만 감독은 볼 배합이 읽혔을 것이라고 판단했을 가능성이 높았다. 그래서 볼 배합을 바꾸라는 지시를 내렸을 가능성이 높았다.

'카운트를 잡기 위해서 슬라이더를 구사할 가능성이 높아!'

직구와 싱커로 카운트를 잡고 슬라이더를 결정구로 사용한 기본의 볼 배합 대신 슬라이더로 카운트를 잡고 주 무기인 싱커를 결정구로 사용하는 볼 배합으로.

용덕수가 알아들었다는 듯이 고개를 끄덕인 후 타석으로 들어섰다. 그리고 태식의 계산은 적중했다.

따악!

양성태는 카운트를 잡기 위해서 바깥쪽 슬라이더를 초구로 던졌고, 용덕수는 슬라이더를 노려 제대로 잡아당겼다.

타구는 유격수의 키를 넘긴 좌전 안타가 됐고, 3루 주자였던 태식과 2루 주자였던 김대희가 모두 홈으로 파고들었다.

2 : 3.

한 점차로 추격했을뿐더러, 1사 1, 2루의 찬스가 이어지고 있었다.

"주자 교체!"

승부처라고 판단했기 때문일까.

아직 경기 초반이었지만 이철승 감독은 2루 주자인 강만호를 발빠른 대주자 유현신으로 교체하는 과감한 승부수를 던졌다. 그리고 찬스에서 타석에 등장한 9번 타자 헨리 소사가 흔들리는 양성태를 상대하기 시작했다.

1사 1, 2루 상황이니, 더블스틸 작전을 펼치는 것은 위험한 모험이었다. 그러나 경험이 부족한 양성태는 대주자로 등장한 유현신에게 신경을 썼다. 그리고 타자와의 승부에 집중하지 못한 양성태에게서 실투가 나왔다.

따악!

헨리 소사는 높은 코스로 형성된 각이 밋밋한 슬라이더를 놓치지 않고 제대로 받아쳤다.

쭉쭉 뻗어나간 타구는 우측 펜스 상단을 직격했다.

그사이 2루 주자 유현신은 여유 있게 홈으로 들어왔고, 1루 주자인 용덕수도 포수치고는 빠른 발을 자랑하며 홈으로 파고들었다.

쐐애액!

타앗!

태그 플레이가 시도됐지만, 용덕수의 발이 조금 빨랐다.

"세이프!"

주심이 세이프 선언을 한 순간, 2루에 도착해 있던 헨리 소사가 거칠게 콧김을 내뿜으며 더그아웃 쪽을 노려보았다.

무력시위!

이래도 날 계속 9번 타순에 기용할 것이냐는 의미가 담긴 무력시위를 펼치고 있는 헨리 소사를 일별한 태식이 환하게 웃으며 혼잣말을 꺼냈다.

"상하위 타선의 불균형이 심해졌어!"

최종스코어 4 : 3.

두 팀의 2연전 1차전은 심원 패롯스의 승리로 끝났다.

1회에 3실점을 허용하면서 크게 흔들렸던 톰 하디는 그 후 팀의 에이스다운 모습을 되찾았다.

총 투구 수 132개.

올 시즌 최다 투구 수를 기록하면서 기어이 완투승을 만들어 냈다.

그리고 강팀에 강하고 약팀에 약하다는 징크스 아닌 징크스를 깨뜨린 심원 패롯스는 한성 비글스와의 2차전에서도 완승을 거두었다.

2차전 선발투수로 등판한 월린 해멀스가 7이닝 1실점으로 호투하는 사이, 심원 패롯스 타선이 폭발했다.

6 : 2.

2차전의 최종 스코어였다. 그리고 심원 패롯스가 올린 6득점 가운데 하위 타선에서 4타점을 만들어 내며 상하위 타선의 불균형이란 문제를 완전히 불식시켰다.

6연승.

어느덧 6연승을 내달린 심원 패롯스는 리그 6위로 순위가 한 단계 상승했다. 또, 5위인 마경 스왈로우스의 격차는 두 게임으로 줄어들었다.

그리고 심원 패롯스는 현재 리그 선두를 달리고 있는 우송 선더스와 만났다.

<정규시즌 막바지. 태풍의 핵으로 떠오른 심원 패롯스의 거침없는 연승 행진>

심원 패롯스는 정규 시즌 막바지에 누구도 예상치 못했던 6연승을 내달리며 KBO 리그 화제의 중심으로 부각됐다.

─요즘 같으면 우승각 아님?
─진짜 미쳤다.
─쓸쓸하고 찬란하신 도깨비 팀.
─심원 패롯스는 사랑입니다.
─이러다 10연승 하는 거 아님?

기사 아래 달린 팬들의 댓글들도 호의적인 댓글 일색이었다. 그렇지만 정작 심원 패롯스의 감독인 이철승은 환하게 웃지 못했다.

"옛말 하나 틀린 게 없군."

호사다마(好事多魔)!

좋은 일에는 마가 끼게 마련이라는 뜻의 사자성어였다. 그리고 정규 시즌 막바지에 6연승을 내달리고 있던 심원 패롯스에도 마가 끼었다.

팀의 에이스인 톰 하디의 부상.

한성 비글스와의 1차전에서 완투승을 거둔 톰 하디는 다음

날 훈련을 앞두고 팔꿈치 통증을 호소했다. 그리고 병원에서 정밀 검진을 받은 결과 팔꿈치 인대 염증이라는 진단이 나왔다.

"너무 무리했어!"

한성 비글스와의 지난 경기에 선발 등판해서 완투승을 거두었던 톰 하디의 투구 수는 130개를 넘겼다.

4 : 3으로 끝난 최종 스코어에서 알 수 있듯이 당시 경기는 접전이었다. 그리고 먼저 3실점을 허용한 후에 타자들이 4점을 뽑아내 역전을 만들어 주자, 톰 하디는 에이스의 책임감을 안고 혼신의 힘을 다한 역투를 펼쳤다.

"내 탓이야."

이철승이 톰 하디의 투구 수를 조절해 주지 못했던 것을 자책했다.

물론 이철승이 가만히 손 놓고 바라보기만 했던 것은 아니었다.

7회가 끝났을 때, 톰 하디에게 교체 의사를 타진했었다. 그러나 톰 하디는 경기를 자신의 손으로 끝까지 마무리 짓겠다는 강한 의사를 피력했었다. 그리고 팀의 에이스의 의사를 존중한다는 의미로 톰 하디를 강판시키지 않고 끝까지 끌고 갔었는데.

"과욕이었어!"

내심 톰 하디가 스스로의 힘으로 경기를 마무리 지어줬으면 하는 바람이 있었던 것은 부인할 수 없었다.

결국 톰 하디의 부상이 자신의 탓이라고 재차 자책하던 이철승이 긴 한숨을 내쉬며 고개를 흔들었다.

이미 상황은 벌어져 있었다.

자책과 후회는 아무리 빨라도 늦은 법.

난국을 타개할 방법을 찾아야 했다.

"정규 시즌은 끝났군."

톰 하디의 치료와 재활을 위해 필요한 시간은 최소 3주.

사실상 정규 시즌 출전은 불가능했다.

톰 하디의 부상 이탈!

분명히 큰 손실이었다.

앞으로 남은 정규 시즌 두 경기에서 2승을 거두어 줄 수 있는 에이스가 출격하지 못한다는 것이 직접적인 손실.

또, 톰 하디가 부상으로 선발진에서 이탈하면서 남은 선발투수들과 불펜 투수들에게 부담이 가중된다는 점과, 팀의 에이스였던 톰 하디의 이탈로 선수들이 동요하다는 것이 간접적인 손실이었다.

"후우!"

길게 한숨을 내쉰 이철승의 고심이 깊어졌다.

*   *   *

후우.

태식이 길게 한숨을 내쉬었다.

톰 하디의 부상 이탈은 예상치 못했던 악재였다.

정규 시즌이 막바지로 치달으며 순위 다툼이 점점 더 치열해지고 있었다.

잔여 경기가 모두 중요한 상황.

톰 하디는 최소 두 차례 선발 등판이 가능했었다.

비록 선발투수로 등판할 때마다 승리투수가 되지는 못하더라도, 최소한 팀이 승리할 수 있는 초석을 놓아줄 수 있을 정도로 호투할 수 있는 톰 하디의 부상 이탈은 엄청난 손실이었다.

4선발 체제.

예기치 못한 악재를 만난 이철승 감독이 꺼내 든 해법이었다. 그리고 이철승 감독이 남은 정규 시즌을 4선발 체제로 운영하겠다는 해법을 택한 이유는 톰 하디를 대신해서 믿고 내보낼 수 있는 선발투수 후보가 없었기 때문이다.

모험보다 안정.

이철승 감독이 이런 선택을 내린 배경이었다.

"타선의 힘을 믿는 수밖에."

지금으로서는 달리 방법이 없었다.

마지막 퍼즐 조각까지 맞춰지면서 시즌 막바지에 제대로 터지기 시작한 타선의 힘을 믿고 남은 정규 시즌을 치러야 했다.

"아직까지는 해볼 만해."

태식이 두 눈을 빛내며 그라운드를 바라보았다.

이연수 VS 저니 레스터.

톰 하디의 부상 이탈이라는 악재가 터졌지만, 심원 패롯스는 최근 6연승의 상승세를 달리고 있었다. 그리고 대승 원더스와 공동 선두에 올라 있는 우송 선더스를 상대로 연승을 이어나가기 위해서 이연수가 선발투수로 출격했다.

반면 한국 시리즈 직행을 노리고 있는 우송 선더스의 감독인 장정훈은 이미 총력전을 선언한 상황이었다. 그리고 오늘 경기에서 승리를 거두기 위해서 명실공히 팀의 에이스인 저니 레스터를 선발투수로 내세웠다.

선발투수의 면면에서 우송 선더스가 앞선다는 평가는 부인할 수 없었다. 그리고 객관적인 전력에서도 우송 선더스가 앞선다는 평가가 지배적이었다. 그러나 태식은 왠지 경기에서 패하지 않을 것 같은 느낌을 받았다.

'왜일까?'

태식이 이내 고소를 머금었다.

경기에서 패하지 않을 것 같은 느낌을 받은 이유는 크게 셋.

첫 번째 이유는 '도깨비 팀'이라고 불리는 심원 패롯스의 저력이었다.

강한 상대를 만나면 더 좋은 경기력을 선보인다.

심원 패롯스에 대한 평가는 이제 징크스 아닌 징크스가 되어 있었다. 그리고 리그 공동 선두를 달리는 강팀인 우송 선더스를 만난 만큼, 강팀에 더 강하다는 징크스가 오늘도 발휘될 가능성이 높았다.

두 번째 이유는 심원 패롯스가 마지막 퍼즐 조각을 맞추어

내면서 강팀으로 변모했기 때문이다.

비록 리그 6위와 리그 공동 선두의 대결이었지만, 지금까지의 성적은 의미가 없었다. 시즌 막바지에 강팀으로 변모한 심원 패롯스는 우송 선더스와 비교해도 오히려 타선에서는 앞서는 화력을 갖추고 있었다.

마지막 세 번째 이유는 톰 하디의 부상 이탈이라는 악재를 만난 후, 하나로 더욱 똘똘 뭉친 심원 패롯스의 팀 분위기였다.

"연수가 얼마나 버텨주는가가 관건이야."

태식이 혼잣말을 꺼냈을 때, 1회 초 심원 패롯스의 공격은 삼자범퇴로 마무리됐다.

1회 말, 우송 선더스의 공격.

이연수와 우송 선더스의 리드오프인 강영학의 승부는 길게 이어졌다.

8구까지 이어진 승부.

강영학은 노련한 타자답게 유인구는 참아내고, 결정구는 커트해 내며 끈질기게 이연수를 괴롭혔다.

픽!

9구째, 이연수가 이를 악물고 던진 몸 쪽 직구는 깊었다. 타석에 서 있던 강영학이 깜짝 놀라며 피하려 했지만, 그럴 시간도 없었다.

147㎞의 구속이 전광판에 찍힌 직구에 옆구리를 맞은 강영학이 바닥에 쓰러져 고통을 호소했다.

"부담이 크다!"

태식이 첫 타자인 강영학에게 사구를 허용한 이연수를 우려 섞인 표정으로 바라보았다.

이연수의 가장 큰 장점 중 하나는 제구력.

그런데 첫 타자인 강영학을 상대하면서 사구를 허용했다.

고의가 아니었다.

톰 하디가 부상으로 인해 선발진에서 이탈한 팀 내 상황.

이닝 이터 역할을 충실히 해온 톰 하디가 부재한 상황인 만큼, 남은 경기에서 불펜진의 부담이 늘어나는 것은 피할 수 없었다.

그 사실을 잘 알고 있는 이연수는 오늘 경기에서 최대한 긴 이닝을 던지는 이닝 이터 역할을 맡겠다고 결심했다. 그러나 첫 타자인 강영학과의 승부가 길어지며 투구 수가 늘어나자 점점 초조해졌고, 그로 인해 제구가 흔들린 것이었다.

"연수가 최대한 길게 버텨줘야 한다!"

태식의 바람이 전해진 걸까.

비록 강영학에게 불의의 사구를 허용했지만, 이연수는 곧 안정을 되찾았다.

2번 타자 유호를 풀카운트 승부 끝에 삼진으로 돌려세웠고, 3번 타자인 조우종에게 내야 땅볼을 유도해 병살로 1회 말 이닝을 마무리했다.

12. 벤치 클리어링

경기 초반의 양상은 팽팽한 투수전이었다.

3회까지 이연수와 저니 레스터는 완벽에 가까운 투구를 선보였다. 그러나 4회 말이 되자, 상황이 급변했다.

우송 선더스의 리드오프인 강영학과 이연수의 두 번째 대결.

강영학은 첫 타석과 마찬가지로 쉽게 물러나지 않고 이연수를 괴롭혔다.

"볼!"

투 볼 투 스트라이크의 볼카운트에서 이연수가 포크볼을 던졌지만, 강영학의 배트를 끌어내는 데 실패했다.

다시 풀카운트가 되자, 이연수가 모자를 벗고 땀을 닦았다.

그런 그가 고개를 돌려 전광판을 확인했다.

62개로 불어난 투구 수를 확인한 이연수의 표정이 초조하게 바뀌는 것이 태식의 눈에 들어왔다.

"장정훈 감독의 지시야!"

그 순간, 태식의 머릿속을 퍼뜩 스치고 지나간 생각이었다.

톰 하디가 팔꿈치 통증으로 인해 선발진에서 이탈했다는 사실은 이미 널리 알려진 상황이었다.

그 소식을 전해들은 우송 선더스의 장정훈 감독은 톰 하디의 부상 이탈로 인해서 나비효과처럼 심원 패롯스에 미치게 될 여러 가지 가능성을 떠올리며 약점을 찾아내려 애썼을 터였다.

그 분석 결과, 장정훈 감독은 경기를 앞두고 이연수의 투구 수를 최대한 늘어나도록 만들라고 지시를 내렸을 것이었다.

이연수의 평소 성격과 스타일에 대해 잘 파악하고 있기 때문에 장정훈 감독은 이런 지시를 내렸으리라.

심원 패롯스의 토종 에이스로서의 책임감.

이연수가 팀을 위해서 최대한 오래 마운드에서 버티면서 이닝 이터 역할을 맡으려는 욕심을 갖고 있다는 사실을 장정훈 감독은 간파한 것이었다. 그리고 장정훈 감독의 분석과 계산은 적중했다.

퍽!

본인의 예상보다 빠르게 늘어나고 있는 투구 수로 인해 초조해진 이연수의 제구가 다시 흔들렸다.

이번에는 종아리 부근을 맞은 강영학이 고통스러운 표정을 짓다가 배트를 바닥에 내던지고 1루가 아닌 마운드로 뛰어갔다.

강영학의 반응이 심상치 않음을 깨달은 주심이 제지하려 했지만, 흥분한 강영학이 마운드로 뛰어가는 것이 조금 더 빨랐다.

"너, 일부러 맞췄지?"

이연수가 슬쩍 손을 들어 잇따라 사구를 던진 것에 대해 미안함을 표했지만, 강영학은 흥분을 가라앉히지 못했다.

"내가 모를 것 같아?"

강영학은 당장에라도 주먹을 휘두를 기세로 이연수의 앞으로 다가갔다. 그때, 빠르게 달려 나온 용덕수가 강영학의 앞을 막아섰다.

"넌 뭐야? 빨리 안 비켜?"

"못 비킵니다."

"뭐?"

"못 비킨다고 했습니다."

"아직 새파랗게 어린 노무 새끼가 죽고 싶어?"

"저는 우리 팀의 투수를 지킬 의무가 있는 포수입니다."

"이 새끼가 진짜!"

강영학이 치미는 화를 누르지 못하고 용덕수의 가슴을 거칠게 밀쳤다. 가슴을 떠밀린 용덕수가 엉덩방아를 찧으며 바닥에 넘어진 순간, 양 팀의 선수들이 마치 기다렸다는 듯이 모두 마운드로 달려왔다.

우르르.

벤치 클리어링이 발발했다.

"고의 아냐?"

"일부러 맞춘 거 아니라잖습니까?"

"저 새끼 제구 좋은 거 다 아는 사실인데 뭐가 고의가 아냐?"

"아, 고의 아니라고 하니까 그만 좀 하세요. 경기하다 보면 사구야 나올 수도 있는 거 아닙니까? 그리고 까놓고 말해서 덕수를 먼저 밀친 건 그쪽 아닙니까? 우리도 잘한 건 없지만 영학 선배도 잘한 거 없잖아요."

"자식. 말은 번지르르하게 잘한다."

"제가 한 말 중에 틀린 게 있습니까?"

"이번 한 번만 참을 거야. 만약 또 맞추면 진짜 안 참는다."

서로 대치하는 가운데 가벼운 설전이 오갔다.

"놔! 이거 안 놔!"

팀 동료들에게 양팔을 잡힌 강영학이 여전히 흥분을 가라앉히지 못하고 소리쳤다.

"저 새끼, 일부러 맞췄다니까."

두 차례 연속으로 사구를 맞은 강영학이 흥분한 것은 어쩌면 당연한 일이었다. 그러나 벤치 클리어링은 더 커지지 않고 적정선에서 마무리됐다.

"덕수야, 괜찮냐?"

바닥에 쓰러졌던 덕수를 일으켜 세우며 태식이 물었다.

"네, 괜찮습니다."

"안 괜찮은 것 같은데?"

"네?"

"숨이 너무 가쁘잖아."

억울하기 때문일까.

분한 기색으로 1루로 향하는 강영학을 노려보고 있는 용덕수의 숨소리는 거칠었다. 그런 용덕수에게 태식이 충고했다.

"넌 흥분하면 안 돼. 벤치 클리어링이 발생했기 때문에 경기 분위기가 어수선하지만, 네가 우리 팀의 안방마님이야. 네가 침착하고 냉정하게 경기에 임해야만 우리 팀이 중심을 잡는다."

"하지만… 알겠습니다."

거칠게 콧김을 내뿜던 용덕수가 알아들었다는 듯 고개를 끄덕였다. 그러나 태식은 불안한 기색을 지우지 못했다.

심원 패롯스와 우송 선더스.

오늘 경기는 두 팀 모두에게 무척 중요한 일전이었다. 그래서 누군가 툭 하고 건드리면 폭발할 것 같은 팽팽한 긴장감이 감돌고 있던 경기 분위기였는데, 벤치 클리어링이 발발하며 경기는 더욱 과열되어 있었다.

과열된 분위기에 휩쓸린 탓일까?

용덕수도 흥분을 가라앉히지 못하고 있었다. 그리고 아직 어린 선수인 용덕수는 쉬이 흥분을 가라앉힐 수 있을 것 같지 않았다.

'연수는?'

태식이 고개를 돌려서 이연수를 살폈다.

그런 태식의 낯빛이 이내 어둡게 변했다.

용덕수에 비한다면 한참 고참 축에 속하는 이연수도 흥분을 가라앉히지 못하는 것은 마찬가지였다.

'좋지 않아!'

투수와 포수.

배터리를 이루고 있는 두 선수 가운데 어느 한 선수라도 냉정하게 대처해야만 했다. 그러나 경험이 부족한 용덕수는 물론이고, 이연수도 흥분한 상태였다.

'한계!'

그동안 나이답지 않게 비교적 침착하게 경기를 풀어나갔던 용덕수였다. 그러나 돌발 상황이 발생하자, 용덕수는 흔들리기 시작했다.

이건 용덕수를 탓할 것이 아니었다.

시간과 경험이 부족했기 때문이다.

'바꿔야 하지 않을까?'

태식이 더그아웃으로 고개를 돌려 이철승 감독을 살폈다.

예기치 못했던 방향으로 흘러가는 경기 전개로 인해 이철승 감독도 당황한 기색이 역력했다.

그렇지만 이철승 감독은 움직이지 않았다.

용덕수와 이연수가 모두 흥분한 상태라는 사실을 이철승 감독이 놓쳤을까?

그럴 리가 없었다.

그럼에도 불구하고 이철승 감독이 움직이지 못하는 이유는 마땅한 대안이 없기 때문이었다.

'선수가 없다!'

톰 하디가 부상으로 이탈한 상황.

이연수가 최대한 오래 마운드 위에서 버텨주는 것이 필요했다. 그러니 지금 시점에 이연수를 강판시키는 것은 어려웠다.

포수 교체도 어렵기는 마찬가지였다.

현재 1군 엔트리에 등록된 포수는 세 명!

용덕수와 강만호, 그리고 최철우였다.

하지만 강만호는 지명 타자로 경기에 나서고 있는 상황이었고, 최철우는 공수 양면에서 함량 미달이었다.

용덕수를 교체할 경우, 대체할 수 있는 카드가 마땅치 않았다.

'어쩔 수 없이 덕수에게 기대하고 계시지만… 상황이 안 좋아!'

이철승 감독이 어떤 움직임도 보이지 않는 이유는 하나.

용덕수가 흥분을 가라앉히고 냉정하게 경기를 이끌어 나가주길 기대하기 때문이었다. 그러나 그럴 가능성이 낮다고 태식이 판단했을 때였다.

따악!

벤치 클리어링으로 인해 잠시 중단됐던 경기가 재개되자마자 경쾌한 타격음이 그라운드에 울려 퍼졌다.

우송 선더스의 2번 타자 유호의 중전 안타가 터지며, 심원 패롯스의 상황은 더욱 어렵게 변했다.

무사 1, 2루.

경기가 뜻대로 풀리지 않자, 이연수는 더욱 흥분했다. 반면 장정훈 감독은 과열된 경기 분위기에 휩쓸리지 않고 냉정하게 경기를 풀어나갔다.

3번 타자인 조우종에게 보내기번트를 지시했다.

틱!

조우종이 3루 쪽으로 번트를 댄 순간, 용덕수와 김대희, 그리고 이연수가 동시에 앞으로 대시했다.

타다닷!

타다다닷!

강영학과 유호의 스타트는 빨랐다.

'늦었어!'

3루에서 강영학을 잡아내기 어렵다고 태식이 판단한 순간이었다. 번트 타구를 잡아낸 이연수가 3루 쪽으로 공을 던졌다.

"세이프!"

베이스 커버를 들어왔던 유격수가 송구를 잡아냈지만, 3루심은 세이프를 선언했다. 그리고 그사이, 타자 주자인 조우종도 1루에 안착했다.

무사 만루로 상황이 바뀐 순간, 태식이 표정을 굳혔다.

괜한 우려가 아니었다.

타구 판단 미스로 인해 1사 2, 3루가 되어야 할 상황이 무사 만루로 바뀌는 과정.

군이 비교를 하자면 용덕수의 실수가 더 컸다.

이연수는 등을 지고 있는 상황인 만큼, 주자들의 움직임과 위치를 확인할 수 없었다. 그런 만큼, 포수인 용덕수가 빠르게 결정을 내려줬어야 했다. 그러나 용덕수가 결정을 내리지 못하고 망설인 바람에, 이연수는 1루가 아닌 3루로 송구했던 것이었다.

야구는 흐름의 경기.

심원 패롯스의 흐름은 좋지 않았다. 그리고 이연수는 우송 선더스의 4번 타자인 빅터 스마일을 넘지 못했다.

따악!

빅터 스마일이 때린 타구는 라인 선상에 떨어지는 좌전 안타가 됐고, 그 사이 3루 주자 강영학과 2루 주자 유호가 모두 홈으로 파고들었다.

0 : 2.

먼저 2점을 빼앗긴 순간, 태식이 탄식을 토해냈다.

만약 아까 이연수가 번트 타구를 잡고 난 후 3루가 아닌 1루로 던져서 타자 주자였던 조우종을 잡아냈다면?

무사 만루가 아닌 1사 2, 3루가 됐을 것이고, 1루가 비어 있는 만큼 빅터 스마일과 어렵게 승부를 가져갈 수 있었으리라.

그러나 1루가 비어 있지 않은 탓에 이연수는 빅터 스마일과 정면 승부를 펼칠 수밖에 없었고, 결과적으로 손쉽게 적시타를 허용하는 결과가 만들어진 것이었다. 그리고 먼저 2점을 허용한 순간, 이연수는 분함을 참지 못하고 로진백을 내던졌다.

"올라가신다?"

태식의 눈에 이철승 감독이 마운드로 걸어 올라가는 것이
보였다.

아까도 말했듯이 조기 강판은 어려운 상황.

이철승 감독이 마운드에 올라가는 이유는 이연수와 용덕수
의 흥분을 가라앉히기 위함이었다.

'적당한 타이밍.'

태식이 작게 고개를 끄덕였다.

지금 이철승 감독이 마운드에 올라가는 타이밍은 아주 적절
했다.

잠시 뒤, 태식의 예상대로 이철승 감독은 몇 마디 이야기를
나눈 후, 더그아웃으로 돌아갔다. 그리고 오늘 경기의 중요성
을 알고 있기 때문일까.

선취 득점을 올리는 데 성공했지만, 장정훈 감독은 추가점을
올리기 위해서 정석대로 경기를 풀어나갔다.

틱!

5번 타자 장민섭에게 보내기번트를 지시했다.

아까 이철승 감독의 방문이 효과가 있었던 걸까.

용덕수는 똑같은 실수를 반복하지 않았다. 주자들의 위치를
확인한 용덕수는 빠르게 판단을 내리고 1루로 손을 뻗어서 타
자 주자인 장민섭을 잡아냈다.

1사 2, 3루.

따악!

6번 타자 심태평은 욕심 내지 않고 이연수의 커브를 받아쳤다. 중견수인 이종도가 거의 자기 위치에서 타구를 잡아냈지만, 3루 주자인 조우종이 홈으로 파고드는 것을 막기는 역부족이었다.

0 : 3.

4회 초에 3실점을 허용한 이연수가 고개를 떨구었다.

"석 점은 추격이 가능하다!"

만약 이연수가 거기서 더 와르르 무너지며 강판을 당했다면?

심원 패롯스의 추격 의지가 꺾였으리라.

그렇지만 다행히 이연수는 2사 2루의 실점 위기에서 7번 타자 김한진을 삼진으로 잡아내며 스스로의 힘으로 위기를 넘겼다.

아직은 경기 중반.

마운드에 서 있는 것이 우송 선더스의 에이스인 저니 레스터라는 것은 분명히 부담스러웠지만, 심원 패롯스 타선의 힘을 감안하면 충분히 추격이 가능하다고 태식은 판단했다. 그리고 그런 판단을 내린 것은 태식만이 아니었다.

4회 말, 선두 타자로 나선 이종도는 저니 레스터의 유인구에 속지 않고 끈질긴 승부를 펼쳤다.

풀카운트까지 이어진 승부.

저니 레스터가 7구째로 던진 커브를 이종도가 받아쳤다.

딱!

정타는 아니었지만, 타구의 코스가 좋았다.

3루수가 잡기에는 어려운 코스.

유격수가 역동작으로 타구를 잡아냈지만, 워낙 코스가 깊었던 터라 노 바운드로 던진 송구는 짧았다.

원 바운드 송구가 1루수가 내밀고 있는 글러브에 들어가기 전에 이종도는 빠른 발을 자랑하며 1루 베이스를 통과했다.

무사 1루.

딱!

오늘 경기 처음으로 찾아온 찬스에서 등장한 2번 타자 임현일이 때린 타구는 2루수 앞으로 굴러가는 내야 땅볼이었다.

'병살?'

임현일의 타구를 확인한 태식이 병살을 떠올렸을 때였다.

쐐애애액!

1루 주자였던 이종도가 유격수의 1루 송구를 방해하기 위해서 일찌감치 슬라이딩을 시도했다.

찬스가 병살 플레이로 무산되는 것을 어떻게든 막기 위한 필사적인 슬라이딩.

팟!

"악!"

2루 베이스를 밟은 장민섭이 이종도의 슬라이딩을 피하기 위해 허공에 몸을 띄웠다가 착지 과정에서 비명을 내질렀다.

13. 보복구

틱. 데구르르.

결국 송구를 하지 못한 공이 장민섭의 글러브에 빠져나와서 바닥을 굴렀다.

'충돌은 없었어!'

그 일련의 과정을 유심히 살피던 태식이 내린 판단이었다.

장민섭이 요란하게 비명을 내지르긴 했지만, 슬라이딩을 피하는 과정에서 두 선수 사이에 신체 접촉은 없었다.

송구를 방해하기 위한 정당한 슬라이딩!

그렇지만 장민섭은 일어서지 못했다.

슬라이딩을 피하기 위해 허공에 몸을 띄웠다가 중심을 잃고 착지하는 과정에서 왼 발목이 접질렸기 때문이다.

우송 선더스의 트레이너들이 빠르게 그라운드로 들어왔고, 장정훈 감독도 더그아웃을 박차고 나와 강하게 어필했다.

"명백한 수비 방해잖습니까?"

"발이 높지 않았습니다."

"민섭이 부상당한 거 안 보입니까?"

"정당한 슬라이딩이였다니까요."

주심과 2루심은 장정훈 감독의 어필을 받아들이지 않았다.

"교체!"

왼 발목이 접질린 장민섭이 교체되고 나서, 잠시 중단됐던 경기가 재개됐다.

1사 1루 상황에서 타석에 들어선 것은 3번 타자 최순규.

그렇지만 마운드 위에 서 있는 저니 레스터는 타석에 들어서 있는 최순규를 바라보지 않았다.

심원 패롯스의 더그아웃 쪽으로 강렬한 시선을 던졌다.

저니 레스터의 시선이 머문 곳에 서 있는 것은 이종도였다.

심판진들도 인정했듯이 이종도의 슬라이딩은 정당했다. 그러나 저니 레스터의 생각은 다른 듯 보였다.

이종도가 발을 높이 들어 무리하게 슬라이딩을 했고, 그로 인해 충돌이 발생하면서 장민섭이 부상을 당했다.

저니 레스터는 이렇게 판단한 듯했다.

스윽!

저니 레스터가 이종도에게 향해 있던 시선을 거두고 타석에 서 있는 최순규를 일별한 후 와인드업을 했다.

슈아악!

저니 레스터의 손을 떠난 공은 직구.

150㎞를 상회하는 빠른 공이 최순규에게로 날아들었다.

피할 틈도 없이 허벅지에 공을 맞은 최순규가 바닥에 쓰러졌다. 고통 때문에 표정을 일그러뜨리고 있던 최순규가 벌떡 일어나며 마운드 쪽으로 걸어갔다.

"보복구지?"

"왓?"

"일부러 맞춘 거 아니냐고?"

"왓? 아이 돈 언더스탠드!"

"못 알아듣는 척하지 마!"

과장된 제스처를 취하면서 영문을 모르겠다는 표정을 짓고 있는 저니 레스터의 표정은 얄밉기 짝이 없었다.

오죽했으면 더그아웃에서 지켜보던 태식이 참지 못하고 바로 뛰쳐나갔을까?

만약 주심이 막아서는 것이 조금만 늦었다면, 최순규와 저니 레스터 사이에 주먹질이 오갔을 정도로 분위기는 험악했다.

우르르.

양 팀의 선수와 코치들이 다시 마운드 위로 몰려들었다.

오늘 경기 두 번째 벤치 클리어링.

"누가 봐도 보복구잖아."

"먼저 맞춘 건 너희잖아."

"우린 고의가 아니고 너흰 고의잖아!"

"진짜 고의 아냐?"

"뭐?"

"방귀 뀐 놈이 성낸다더니."

저니 레스터의 보복구에 맞은 최순규와 이연수에게 이미 두 차례 사구를 맞은 강영학 사이에 거친 설전이 벌어졌다.

그 설전이 몸싸움으로 번지려는 순간, 김대희가 나섰다.

"그만해."

"하지만……."

"그만하라니까."

우선 보복구를 맞고 가장 흥분한 최순규를 어느 정도 진정시키는 데 성공한 김대희가 나머지 선수들을 말렸다.

"전부 여기까지만 해. 주장으로서 명령이야."

그런 김대희의 모습을 지켜보던 태식이 고개를 끄덕였다.

팀의 주장답게 김대희는 과열된 분위기에 휩쓸리지 않고 냉정함을 유지하고 있었다. 그리고 김대희가 먼저 나서서 벤치 클리어링이 더 커지지 않도록 막는 이유를 태식은 짐작할 수 있었다.

우선 경기 흐름.

비록 4회 초에 실점을 허용하며 석 점차로 뒤지고 있었지만, 다음 이닝인 4회 말에 바로 추격할 수 있는 기회를 잡은 상태였다. 벤치 클리어링이 더 격해지고 길어지면, 어렵게 찾아온 추격 흐름이 깨질 가능성이 높았다.

다음은 징계.

만약 지금보다 분위기가 더 가열되면서 몸싸움이 거칠어진다면 퇴장 등의 조치가 나올 가능성이 농후했다.

그뿐이 아니었다.

오늘 경기가 끝나고 난 후, 사후 조사를 통해서 추가 징계가 나올 수도 있었다.

간신히 퍼즐을 맞춘 상황.

만약 징계로 주전 선수인 최순규가 경기에 출전하지 못하게 된다면 심원 패롯스의 입장에서는 큰 타격이었다.

어쨌든.

더 험악해질 뻔했던 벤치 클리어링은 김대희가 발 빠르게 나서서 만류한 덕분에 분위기가 가라앉았다.

"참는 건 여기까지야. 만약 여기서 더 계속한다면 무조건 퇴장시킬 거야."

거기에 주심의 협박성 멘트가 더해지면서 벤치 클리어링은 마무리됐다.

두 번째 벤치 클리어링으로 인해 한참 멈추었던 경기가 재개됐다.

우우!

우우우!

심원 패롯스의 홈 팬들이 최순규에게 보복구로 의심되는 사구를 던진 저니 레스터에게 야유를 쏟아냈다.

어수선한 분위기 속에서 대기 타석에 서 있던 태식이 두 눈을 빛냈다.

'타자 쪽이 유리해!'

태식은 벤치 클리어링으로 인한 경기 중단이 타자에게 유리하다고 판단했다.

투수인 저니 레스터의 어깨가 식었고, 또 저니 레스터가 경기에 온전히 집중하지 못하고 있기 때문이었다.

아직 흥분이 다 가라앉지 않은 상황인 데다가 심원 패롯스 홈 팬들의 야유까지 쏟아지는 상황.

저니 레스터의 얼굴은 잔뜩 상기되어 있었다.

따악!

태식의 판단은 적중했다.

노련한 선수답게 4번 타자 이명기는 어수선한 분위기 속에서도 집중력을 잃지 않았다.

흥분한 저니 레스터가 던진 실투를 놓치지 않고 받아쳐 중전 안타를 만들어냈다.

1 : 3.

2루 주자였던 임현일이 홈으로 들어오며 심원 패롯스는 첫 득점을 올리는 데 성공했다. 그리고 1사 1, 2루의 찬스에서 태식이 타석으로 들어섰다.

'내가 해결한다!'

실점을 허용한 후, 못마땅한 기색으로 고개를 절레절레 흔드는 저니 레스터를 확인한 태식이 각오를 다졌다.

저니 레스터는 여전히 흥분을 가라앉히지 못하고 있었다. 지금이 그를 공략해 추가점을 뽑아낼 적기라는 판단이 들었다.

슈아악!

"볼!"

저니 레스터가 던진 유인구를 태식이 참아냈다.

그리고 2구째.

슈아악!

스트라이크를 잡기 위해 저니 레스터가 던진 커브는 바깥쪽 낮은 코스로 날카롭게 파고들었다.

"볼!"

그러나 주심은 조금 낮았다는 이유로 볼로 판정했다. 그 순간, 저니 레스터가 강하게 불만을 표출했다.

'흥분할 만해!'

스트라이크로 선언했더라도 할 말이 없을 정도로 낮게 제구가 되면서 스트라이크존에 살짝 걸쳤던 공이었다.

그러나 주심은 단호했다.

투 볼 노 스트라이크.

이미 흥분한 상황이었는데, 주심의 석연치 않은 볼 판정까지 겹치자 저니 레스터는 투구에 집중하지 못했다.

슈아악!

높게 형성된 밋밋한 슬라이더가 한가운데로 날아든 순간, 태식이 망설이지 않고 힘차게 배트를 돌렸다.

따악!

묵직한 타격음과 함께 타구는 낮은 포물선을 그리며 날아갔다.

'넘어가라!'

1루로 향해 뛰어가던 태식이 타구의 궤적을 눈으로 좇으며 속으로 외쳤다. 그러나 아쉽게도 타구의 높이가 너무 낮았다.

쾅!

열심히 쫓아간 중견수가 펜스에 몸을 부딪히며 글러브를 내밀었다. 그러나 중견수가 들어 올린 글러브는 타구에 조금 미치지 못했다.

태식이 때린 타구는 펜스 상단을 직격하고 튀어나왔다.

좌익수가 펜스를 때리고 나온 공을 향해 달려가는 것을 확인한 태식이 2루에서 멈추지 않고 3루로 내달렸다.

슬라이딩도 필요치 않았다.

여유 있게 3루에 도착한 태식이 주먹을 들어 올렸다.

3 : 3.

와아!

와아아!

태식의 적시타로 경기의 균형추가 맞춰진 순간, 심원 패롯스의 홈 팬들이 환호성을 흘려냈다.

'아직 끝이 아니다!'

1사 3루의 찬스가 이어지는 상황.

타석에 들어선 김대희는 태식과 홈 팬들의 기대를 저버리지 않았다.

따악!

저니 레스터의 초구를 받아쳐서 깊숙한 외야플라이를 만들어냈다.

4 : 3.

태그업을 해서 홈으로 파고들며 역전에 성공한 순간, 태식이 더그아웃 앞에서 김대희에게 엄지를 추켜올렸다.

5회 초, 타선이 폭발하며 역전을 만들어내자, 이연수도 힘을 냈다.

"스트라이크아웃!"

8번과 9번.

두 명의 타자를 연속 삼진으로 돌려세우며 안정을 되찾은 듯 보였다. 그러나 안심하기는 일렀다.

다음 타자가 강영학이었기 때문이다.

첫 번째 타석과 두 번째 타석.

모두 풀카운트 승부 끝에 이연수에게서 사구를 얻어내 출루했던 강영학이었다. 게다가 두 번째 사구가 발단이 되어서 벤치 클리어링까지 발발했었다.

"멘탈이 흔들릴 가능성이 높아!"

마운드에서 몸을 돌리며 크게 심호흡을 하는 이연수의 모습에서는 부담감이 느껴졌다. 그래서 태식이 우려 섞인 시선을 던질 때였다.

"볼!"

"볼!"

초구와 2구, 모두 볼이 됐다.

"부담감을 갖고 있어!"

태식이 우려했던 대로였다.

또 한 차례 강역학에게 사구를 허용한다면 과열된 경기 분위기는 걷잡을 수 없게 될 가능성이 높았다. 그리고 주심은 더 망설이지 않고 이연수에게 퇴장 명령을 내릴 가능성이 높았다.

그 사실을 인지하고 있기에 이연수는 1구와 2구로 모두 바깥쪽 공을 던졌다.

바깥쪽 공을 던지는 것이 문제가 아니었다.

진짜 문제는 이연수가 부담감으로 인해 포수인 용덕수가 요구한 것보다 훨씬 더 많이 바깥쪽으로 빠지는 공을 던지고 있다는 것이었다.

그리고 3구째.

용덕수는 몸 쪽 공을 요구했다.

한참을 망설이다가 고개를 끄덕인 이연수가 와인드업을 마친 후 공을 던졌다.

슈아악!

'위험해!'

이연수의 손을 떠난 공을 확인한 순간, 태식이 머릿속에 떠올린 생각이었다.

용덕수는 몸 쪽 공을 요구했지만, 이연수의 손을 떠난 공은 한가운데로 몰렸다.

사구에 대한 부담감을 떨치지 못했기 때문이리라.

따악!

강영학은 한가운데로 몰린 실투를 놓치지 않았다.

멀리 뻗어나간 타구는 우측 펜스를 훌쩍 넘기고 나서야 떨어졌다.

맞는 순간 홈런을 직감했기 때문일까?

1루로 빠르게 달려 나가는 대신 타석에 선 채로 타구의 궤적을 눈으로 좇던 강영학이 홈런임을 확인하자마자 두 팔을 허공에 들어 올렸다. 그리고 마운드에 서 있는 이연수를 도발하듯 노려보며 1루로 달려 나갔다.

4 : 4.

다시 동점이 된 순간, 이철승 감독이 감독석을 박차고 일어 났다. 그런 그가 마운드로 올라가서 이연수에게서 공을 건네받 았다.

'투수 교체?'

태식의 예상보다 조금 빠른 투수 교체였다.

그렇지만 이철승 감독의 결단을 이해하지 못한 것은 아니었 다.

이연수가 방금 홈런을 허용한 것은 하필이면 강영학이었다.

이미 두 차례 사구가 나오며 벤치 클리어링까지 발발했던 터라, 감정의 골이 깊어져 있던 강영학과의 세 번째 승부에서 홈 런을 허용한 것은 심리적으로 타격이 더 클 수밖에 없었다.

그리고 하나 더.

이철승 감독은 불펜진을 조기에 투입하더라도 오늘 경기를 무조건 잡아내겠다는 결심을 굳힌 것이었다.

최소 2점 이상은 더 만들어낼 것이라는 타선에 대한 믿음이 이런 결심을 한 기저에 깔려 있으리라.

"정확한 판단이야!"

태식도 이철승 감독의 결정이 옳았다고 판단했다.

그런데 왜일까?

필승조에 속한 한원희에게 공을 넘겨주고 마운드에서 내려오는 이철승 감독을 바라보는 순간, 불안감이 깃들었다.

14. 펜스 플레이

4와 2/3이닝 4실점.

6이닝 4실점.

양 팀의 선발투수였던 이연수와 저니 레스터는 예상보다 많은 실점을 허용하며 이른 시점에 마운드에서 내려갔다.

난타전으로 흐를 것 같았던 경기는 선발투수들의 뒤를 이어 투입된 불펜진들이 호투하면서 더 이상 득점 없이 경기 후반까지 흘러갔다.

4 : 4.

동점 상황에서 9회 초 우송 선더스의 정규 이닝 마지막 공격이 시작됐다.

심원 패롯스의 마운드는 팀의 마무리 투수인 정기하가 지키고 있었다.

8회 초 1사 1루 상황에서 마운드에 오른 정기하는 사사구 하나를 허용하긴 했지만 무실점으로 이닝을 막아냈고, 9회 초에도 마운드에 올라 있었다.

현재까지 정기하의 투구 수는 16개.

"투구 수가 너무 많아!"

모자를 고쳐 쓰면서 타자와의 승부를 준비하고 있는 정기하에게 태식이 불안한 시선을 던졌다.

그렇지만 정기하는 태식의 우려를 불식시키듯 9회 초의 첫 타자인 2번 타자 유호와의 승부를 잘 끌어갔다.

"스트라이크아웃!"

투 볼 투 스트라이크 상황에서 던진 낙차 큰 커브에 유호는 방망이를 내밀어보지도 못하고 루킹 삼진을 당했다.

허를 찌른 볼 배합으로 유호를 가볍게 잡아냈지만, 정기하는 3번 타자 조우종과의 대결에서 어려움을 겪었다.

장타를 의식하지 않을 수 없는 상황.

정기하는 철저하게 바깥쪽 승부를 고집했다.

투 볼 투 스트라이크 상황에서 정기하가 회심의 승부구를 던졌다.

슈아악!

바깥쪽 낮은 코스로 파고든 낙차 큰 커브.

조금 전 유호를 루킹 삼진으로 돌려세웠던 바로 그 공이었다. 그리고 조우종도 배트를 끝까지 휘두르지 못하고 도중에 멈추었다.

정기하는 또 다시 루킹 삼진이라고 확신했지만, 주심은 손을 들어 올리지 않았다.

"볼!"

정기하가 억울한 표정을 지었지만, 주심은 슬그머니 시선을 피했다.

"바깥쪽 낮은 코스는 잡아주지 않아!"

경기 초반과 중후반.

주심의 볼 판정은 미묘하게 바뀌었다.

경기 초반까지만 해도 바깥쪽 낮은 코스를 스트라이크로 잡아주었지만, 경기가 중후반으로 접어드는 시점부터는 볼로 판정했다. 그리고 지금까지도 일관성 있게 스트라이크존을 걸치는 바깥쪽 낮은 공을 외면하고 있었다.

"저니 레스터도… 항의했었지. 그때부터였어."

정기하는 계속 억울한 표정을 짓고 있었지만, 스트라이크와 볼 판정은 주심의 고유 권한이었다. 그리고 한번 내려진 판정은 바뀌지 않았다.

슈아악!

딱!

슈아악!

틱!

6구와 7구.

정기하는 계속 바깥쪽 승부를 했지만, 조우종은 커트를 하며 끈질기게 승부를 이어나갔다.

그리고 8구째.

정기하가 선택한 것은 철저하게 외면했던 몸 쪽 직구 승부였다.

슈아악!

딱!

의표를 찔린 조우종이 배트를 휘둘렀지만, 타이밍이 늦었다. 높게 떠오른 타구는 내야를 벗어나지 못하며 조우종은 내야플라이로 물러났다.

2사 주자 없는 상황에서 타석에 들어선 것은 우송 선더스의 4번 타자 빅터 스마일이었다. 그리고 외국인 타자인 빅터 스마일의 장타력을 의식한 정기하는 초구로 바깥쪽 공을 던졌다.

아까 주심의 볼 판정이 의식이 됐기 때문일까.

정기하가 스트라이크를 잡기 위해서 던진 바깥쪽 직구는 조금 높았다. 그리고 빅터 스마일은 영리한 타자였다.

정기하는 장타를 의식해서 바깥쪽 승부를 할 것이다. 그리고 유리한 볼카운트를 만들기 위해서 초구 스트라이크를 던지려 할 것이다. 또, 마운드에 오른 후 타자들과의 승부에서 초구는 무조건 직구를 던졌다.

이 세 가지 근거를 바탕으로 정기하가 초구로 바깥쪽 높은 코스의 직구를 던질 것이라 예상하고 타석에 들어섰다.

따악!

묵직한 타격음이 울려 퍼진 순간, 태식이 몸을 돌려 펜스 쪽으로 뛰어갔다. 미리 펜스 앞에 도착해 등을 기댄 채 기다렸던 태식이었지만, 결국 점프를 해서 공을 잡아낼 시도도 하지 못했다.

빅터 스마일이 때린 타구는 외야 관중석 중단에 떨어졌다.

9회 초 2사 후에 터진 극적인 솔로 홈런.

4 : 5.

스코어가 역전된 순간, 태식이 한숨을 내쉬었다.

심원 패롯스의 마무리 투수인 정기하가 방심하거나 실투를 던졌던 것이 아니었다.

빅터 스마일이 워낙 잘 쳐서 만들어낸 홈런이었다.

굳이 하나 더 이유를 꼽자면 등판 이후 여섯 명의 타자를 상대하느라 투구 수가 늘어나면서, 정기하의 공에 힘이 떨어졌기 때문이다.

"여기서 더 벌어지면 안 돼!"

아직 포기하긴 일렀다. 그래서 태식이 긴장의 끈을 놓지 않고 있을 때였다.

따악!

또다시 묵직한 타격음이 흘러나왔다.

장정훈 감독이 대타자로 내세운 이필모가 정기하의 초구를 받아친 것이었다.

'거의 똑같아!'

흡사 데자뷰처럼 빅터 스마일과 이필모의 타격은 유사했다.

정기하는 마치 생떼를 부리는 어린아이처럼 이필모를 상대로 초구에 바깥쪽 높은 직구를 던졌다.

아까 빅터 스마일에게 던졌던 공이 절대 실투가 아니었다는 것을 증명하기 위해 피운 고집.

그리고 이필모는 정기하가 고집을 피우며 바깥쪽 높은 코스의 직구를 던질 것을 예측했다는 듯이 공략했다.

아니, 좀 더 정확히 말하면 장정훈 감독이 예측한 것이었다.

정기하의 성향에 대해서 철저히 분석한 장정훈 감독은 이필모가 타석에 들어서기 전에 초구로 들어올 바깥쪽 높은 직구를 노리라고 지시했을 것이었다.

'넘어갔다?'

묵직한 타격음이 귓가로 파고든 순간, 태식이 머릿속으로 떠올린 단어는 백투백 홈런이었다. 침통한 표정으로 타구의 궤적을 눈으로 좇던 태식이 빙글 몸을 돌렸다.

'달라!'

빅터 스마일과 이필모의 타격!

거의 판박이라 해도 좋을 정도로 유사한 면이 많았다. 그렇지만 결정적인 한 가지 차이가 존재했다.

바로 타자가 다르다는 점이었다.

빅터 스마일과 이필모는 타고난 힘이 달랐다. 그래서 거의 흡사한 타격이었지만, 타구의 질이 달라졌다.

'낮아!'

홈런이 됐던 빅터 스마일의 타구와 이필모가 날린 타구의 궤적은 차이가 있었다, 이필모의 타구는 빅터 스마일의 타구에 비해 낮은 포물선을 그리고 있었다.

'펜스 플레이!'

희망을 버리지 않고 빙글 몸을 돌려 펜스 쪽으로 달려가던 태식이 도중에 속도를 줄이며 멈추었다.

탁!

타구가 펜스 상단을 강하게 때리고 튀어나온 순간, 펜스 플레이를 위해서 대기하고 있던 태식이 공을 잡아냈다. 그리고 몸을 돌려 타자 주자인 이필모의 위치를 확인했다.

당연히 홈런이 될 거라고 판단했기 때문일까.

이필모는 1루를 향해 빠르게 달려오지 않았다. 그리고 펜스 상단을 맞고 튀어나오는 타구를 확인한 후에야 1루 베이스를 통과해 2루를 향해 내달리는 속도를 높이고 있었다.

'잡을 수 있다!'

슈아아악!

태식이 지체 없이 2루로 송구했다.

거의 일직선으로 날아온 송구가 미리 기다리고 있던 2루수의 글러브로 정확하게 빨려 들어갔다.

위기임을 직감한 이필모가 헤드 퍼스트 슬라이딩을 했지만, 정확히 배달된 송구를 받아낸 2루수의 태그가 빨랐다.

"아웃!"

이필모가 펜스를 직격한 타구를 날렸음에도 2루에서 아웃되면서 9회 초가 종료된 순간, 태식이 안도의 한숨을 내쉬었다.

남은 공격 기회는 9회 말 단 한 번.

두 점차와 한 점차는 확연히 달랐다.

한 점 차이로 남은 공격에 들어서는 만큼, 아직 희망은 남아 있었다.

이어진 9회 말.

태식이 첫 타자로 타석으로 들어섰다.

9회 말이 시작되자마자, 우송 선더스의 장정훈 감독의 팀의 마무리 투수인 김원중을 마운드에 올렸다.

김원중은 올 시즌 현재까지 26세이브를 올리며 세이브 부문 3위를 달리고 있었다.

KBO 리그에서 손꼽히는 확실한 마무리 투수 가운데 한 명.

슈아악!

김원중이 초구로 선택한 공은 직구였다.

딱!

147㎞의 구속을 기록한 바깥쪽 직구를 공략했지만, 배트가 밀리며 타구는 3루쪽 라인을 벗어나며 파울이 됐다.

'소문대로 종속이 빠르네!'

김원중의 직구를 상대했던 태식이 퍼뜩 떠올린 생각이었다.

140㎞대 후반의 구속을 자랑하는 묵직한 직구와 날카로운 슬라이더, 그리고 예리하게 꺾이는 포크볼.

김원중이 가진 무기였다.

그중에서도 묵직한 직구가 가장 큰 무기로 손꼽혔다.

비록 150㎞를 상회하는 엄청나게 빠른 직구는 아니었지만,

김원중의 직구는 돌덩이처럼 묵직하다는 평이 자자했다.

회전이 많이 걸리기 때문이었다.

그리고 태식이 처음으로 상대해 본 김원중의 직구는 소문처럼 대단했다.

전광판에 찍혔던 구속은 147㎞.

그러나 타석에서 직접 경험한 김원중의 직구는 150㎞를 훨씬 상회하는 직구처럼 빠르게 느껴졌다.

그래서 태식의 배트가 밀렸던 것이었다.

'구위가 떨어졌다?'

그러나 태식의 표정은 오히려 밝아졌다.

공이 빠르기는 했지만 자자한 소문처럼 직구가 묵직하다는 느낌은 받지 못했기 때문이다.

'등판이 잦아서야!'

정규 시즌 막바지에 다다르면서 매 경기 승리가 더욱 중요해진 상황.

특히 우송 선더스는 대승 원더스와 함께 치열하게 선두 다툼을 펼치고 있었다.

그러다 보니 세이브 상황이 아닌 동점 상황이나 근소하게 뒤지는 경기에도 김원중이 마운드에 오르는 경우가 잦아졌다.

등판 횟수와 투구 수가 늘어나면 구위가 떨어지는 것은 당연한 수순.

'직구를 노린다!'

태식이 노림수를 갖고 다시 타석으로 들어섰다.

그리고 2구째!

슈아악!

김원중은 몸 쪽 직구를 던졌다.

'반템포 빠르게!'

종속이 좋은 김원중의 직구를 때려내기 위해 태식이 아까보다 반템포 빠르게 타격 메커니즘을 가동했다.

딱!

그리고 계산은 적중했다.

정타는 아니었다.

배트 손목 부근에 맞은 타구는 먹었다. 그러나 태식이 끝까지 팔로 스윙을 가져간 덕분에 떠오른 타구는 내야를 벗어났다.

2루수와 우익수가 타구를 잡기 위해서 모여들었지만, 태식이 친 타구는 중간 지점에 뚝 떨어지며 우전 안타가 됐다.

무사 1루.

1루 베이스 위에 도착한 태식이 더그아웃 쪽으로 고개를 돌렸다.

'어떤 선택을 내릴까?'

이철승 감독이 우선 동점을 만들기 위해서 보내기번트 지시를 내릴 확률이 높다고 생각했는데.

'버스터?'

이철승 감독의 선택은 태식의 예상과 달랐다.

'연장에 접어들면 어렵다고 판단했어.'

이철승 감독이 위험을 무릅쓰고 과감한 버스터 작전을 꺼내

든 이유!

태식은 충분히 짐작할 수 있었다.

선발투수였던 이연수가 일찌감치 마운드에서 내려가고 난 후, 필승조에 속한 투수들이 차례로 등판했다. 그리고 마무리 투수인 정기하도 이미 1과 2/3이닝을 소화한 상황이라 10회에 다시 마운드에 올리기는 어려웠다.

그런 이유로 연장에 접어든다면 승리하기 어렵다고 판단한 이철승 감독은 9회 말에 찾아온 찬스에서 동점이 아니라 역전 을 노리고 있었다.

슈아악!

김원중의 손에서 공이 떠난 순간, 번트 모션을 취하고 있던 김대희가 타격 자세로 전환하며 배트를 휘둘렀다.

따악!

3루 쪽으로 향하는 강습 타구.

보내기번트를 대비해서 전진 수비를 펼치고 있던 3루수가 본능적으로 타구를 향해 글러브를 갖다 댔다.

툭. 데구르르.

3루수의 글러브 끝을 맞은 타구가 바닥을 굴렀다. 그러나 당 황하지 않고 바로 손으로 공을 잡아 2루로 뿌렸다.

"아웃!"

태식이 슬라이딩을 했지만, 간발의 차로 아웃이 선언됐다.

결국 이철승 감독이 꺼내든 버스터 작전을 실패로 돌아갔 다. 3루수가 공을 한 번 더듬은 덕분에 병살 플레이로 연결되지 않은 것을 다행이라고 여겨야 하는 상황이었다.

2루에서 포스 아웃을 당하고 더그아웃으로 돌아온 태식이 이철승 감독을 살폈다.

회심의 버스터 작전이 실패로 돌아가며 경기를 뒤집는 것이 어렵다고 판단한 이철승 감독의 낯빛은 어두웠다. 그러나 태식의 생각은 달랐다.

예전과 지금의 심원 패롯스는 분명히 변했다.

거의 해결됐다고 판단했던 문제인 상하위 타선의 불균형이 다시 떠오르게 할 정도로 최근 하위 타선에 포진한 선수들은 불방망이를 가지고 있었다. 그러니 아직 경기를 포기하기는 일렀다.

그리고.

태식의 예상은 적중했다.

쓰리 볼 원 스트라이크 상황에서 7번 타자 강만호가 빠르게 배트를 돌렸다.

따악!

'넘어갔다!'

맞는 순간, 홈런임을 알아챌 수 있을 정도로 타구는 컸다.

1루로 뛰어가는 대신 타석에 선 채로 타구의 궤적을 눈으로 좇던 강만호는 외야 관중석 중단에 떨어지는 타구를 확인하고 나서야 배트를 내던졌다.

빙글!

허공에서 한 바퀴 돈 배트가 바닥에 떨어졌다. 그제야 1루를 향해 달리기 시작한 강만호가 홈 팬들의 환호를 받으며 그라운드를 돌았다.

쉿!

3루를 돌아서 팀 동료들이 모두 나와서 기다리고 있는 홈 플레이트를 향해 달려오던 강만호가 검지를 들어 입으로 가져가는 세리머니를 펼쳤다.

환호가 섞인 고성을 내지르고 있는 관중들에게 조용히 하라는 의미가 담긴 세리머니가 아니었다.

오늘 경기 내내 과열된 분위기 속에서 경기를 펼쳤던 우송 선더스 선수들에게 조용히 물러나란 의미가 담긴 세리머니였다.

끝내기 홈런.

심원 패롯스의 7연승을 확정짓는 끝내기 홈런을 터뜨린 강만호가 홈베이스를 밟은 순간, 기다렸다는 듯이 물세례가 쏟아졌다.

15. 시한폭탄

리그 6위. 그리고 5위인 마경 스왈로우스의 격차는 단 한 경기.

7연승을 내달린 심원 패롯스는 가을 야구의 마지노선인 5위 탈환을 목전에 두고 있었다.

반면 어제 경기에서 패한 우송 선더스는 리그 2위로 추락했다.

상반된 분위기.

그래서 심원 패롯스와 우송 선더스의 2연전 마지막 경기는 더욱 중요했다.

윤동하 VS 서광현.

양 팀 4선발과 2선발의 대결이었다. 그리고 어제와 마찬가지로 경기의 양상은 팽팽하게 흘러갔다.

0 : 0.

팽팽한 투수전이 이어지던 경기가 요동치기 시작한 것은 5회 초에 접어들면서부터였다.

슈아악!

윤동하의 손을 떠난 공이 타자의 몸 쪽으로 바싹 붙어 있던 포수 용덕수가 내민 미트 속으로 빨려 들어갔다.

풀카운트 상황.

일관되게 바깥쪽 승부를 펼치던 윤동하가 던진 몸 쪽 직구 는 우송 선더스의 5번 타자 장민섭의 의표를 찌르는 데 성공했 다.

움찔.

장민섭은 배트를 휘두를 엄두도 내지 못하고 그저 움찔한 것이 다였다.

그 모습을 확인한 윤동하가 팔을 들어 올렸다.

루킹 삼진으로 장민섭을 돌려세웠다는 것을 확신하고 내보 인 리액션이었다.

그렇지만 주심의 손은 올라가지 않았다.

"볼넷!"

주심이 외면한 순간, 윤동하가 빙글 몸을 돌렸다.

모자를 벗고 땀을 닦아내는 윤동하의 표정에는 아쉬움이 가 득했다. 그 모습을 지켜보던 태식이 희미하게 고개를 끄덕였다.

"자신이 있어!"

어제 경기에서 승리를 거두긴 했지만, 선발투수였던 이연수가 일찍 내려가면서 불펜진의 소모가 심했다는 것을 윤동하는 알고 있었다.

비록 5회 초의 선두 타자인 장민섭에게 아깝게 볼넷을 허용하며 아쉬움을 표현하고는 있었지만, 윤동하의 얼굴에는 자신감이 묻어났다.

그가 아쉬워하는 이유는 장민섭에게 볼넷을 허용하며 오늘 경기에서 처음으로 맞이한 위기를 수습할 자신이 없어서가 아니었다.

풀카운트 승부 끝에 볼넷을 허용하면서 투구 수가 늘어난 것에 더욱 아쉬움을 드러내고 있었다.

태식의 예상대로였다.

딱!

윤동하는 다음 타자인 심태평을 상대로 4구째에 싱커를 던져서 유격수 앞으로 향하는 내야 땅볼을 유도하는 데 성공했다.

"됐다!"

타구의 속도가 조금 느리긴 했지만, 충분히 병살 플레이로 연결할 수 있는 상황이었다. 해서 밝아졌던 태식의 표정이 이내 어둡게 변했다.

쐐애애액!

유격수의 송구를 받은 2루수 임현일이 더블플레이를 완성하기 위해서 1루로 송구를 하려고 한 순간, 1루 주자였던 장민섭이 거칠게 슬라이딩을 했다.

발을 높이 들고 들어온 슬라이딩!

슬라이딩을 피하기 위해서 임현일이 점프했다. 그렇지만 완전히 피해내지 못하고 발에 걸리며 허공에서 한 바퀴 회전한 후 바닥에 쓰러졌다.

'부상?'

무척 위험한 플레이였다.

해서 태식이 부상이란 단어를 떠올렸을 때, 발목을 잡고 바닥에 쓰러져 있던 임현일이 벌떡 일어났다. 그리고 미안한 기색도 없이 더그아웃으로 돌아가려는 장민섭의 멱살을 거칠게 틀어쥐었다.

'다행히 부상은 아니다!'

일단 안도의 한숨을 내쉬었던 태식이 이내 표정을 굳힌 채 2루 베이스 쪽으로 달려갔다.

"일부러 발을 높이 들었지?"

"뭐라는 거야?"

"동업자 정신도 없는 치사한 새끼!"

"동업자 정신? 그런 말을 꺼낼 자격이 있다고 생각해?"

"뭐?"

"먼저 동업자 정신을 팽개친 게 누군데?"

임현일과 장민섭이 한 치도 물러서지 않은 채 설전을 펼치기 시작했고, 그 모습을 확인한 양 팀의 선수들이 우르르 그라운드로 몰려나왔다.

벤치 클리어링.

어제 두 차례 벤치 클리어링이 일어났던 것에 이어 오늘 경기에서도 벤치 클리어링이 발발했다.

선수들 틈에 섞여 있던 태식이 장민섭을 노려보았다.

어제 경기, 송구 과정에서 슬라이딩을 피하다가 발목이 접질렸던 장민섭은 오늘 경기에서는 위험한 슬라이딩을 해서 임현일의 송구를 방해하려 했다.

그렇지만 어제 이종도가 경기 중에 했던 슬라이딩과 방금 장민섭이 했던 슬라이딩은 분명히 달랐다.

이종도는 발을 들어 올리지 않았지만, 장민섭은 발을 들어 올린 채 임현일의 발목을 노리고 슬라이딩을 했다.

큰 부상을 야기할 수도 있었던 위험한 플레이.

'피해 의식, 배트 플립, 그리고 과한 승부욕!'

장민섭이 동업자 정신을 망각한 위험하기 짝이 없는 슬라이딩을 시도한 이유를 태식은 짐작할 수 있었다.

우선 장민섭은 어제 부상을 당할 뻔했던 기억을 머릿속에서 떨치지 못했다.

어제 경기에서 이종도가 했던 슬라이딩은 어디까지나 정당한 슬라이딩이었지만, 장민섭은 자신에게 부상을 입힐 의도가 있었다고 판단했다. 그로 인해 피해 의식을 내심 갖고 있었던 장민섭은 받은 것 이상으로 되돌려 주기 위해서 이런 위험하기 짝이 없는 슬라이딩을 감행했던 것이었다.

두 번째 이유는 배트 플립이었다.

어제 경기에서 끝내기 홈런을 터뜨린 강만호는 배트 플립을 시전했다. 거기에 더해 검지를 입에 갖다 대는 세리머니까지.

상대 팀이었던 우송 선더스의 선수들을 자극시키기에 충분했고, 그 배트 플립의 영향이 오늘까지 미친 것이었다.

마지막 세 번째 이유는 승부욕이었다.

어제 경기에 패하면서 우송 선더스는 어렵게 탈환했던 리그 선두 자리를 대승 원더스에게 빼앗겼다. 그래서 오늘 경기의 중요성은 더욱 커졌고, 그 사실을 누구보다 잘 알고 있는 우송 선더스 선수들은 강한 승부욕을 발휘했다.

오늘 경기에서 무조건 이기겠다는 의욕이 앞서서 동업자 정신을 저버린 위험한 플레이까지 나오는 것이었다.

"퇴장!"

주심은 위험한 슬라이딩을 한 장민섭에게 가차 없이 퇴장을 명령했다. 또, 송구 방해가 인정되어서 타자 주자였던 심태평도 아웃이 선언됐다.

"아무리 원정이라지만 편파 판정이 너무 심한 거 아냐?"

퇴장을 당하던 장민섭이 불만을 토해냈다.

물론 주심에게 들렸을 정도로 큰 소리로 불만을 표한 것은 아니었다. 그렇지만 이것이 우송 선더스 선수들이 갖고 있는 생각임은 부인하기 어려웠다.

어쨌든.

어제 경기에 이어서 또 다시 벤치 클리어링이 발발하면서 경기 분위기는 과열되기 시작했다.

여기서 멈추길 바랐는데.

태식의 바람은 이루어지지 않았다.

2사 주자 없는 상황에서 다음 타자인 김한진을 상대하던 윤동하가 사구를 던지며 마침내 사단이 벌어졌다.

'시한폭탄!'

한껏 과열되어 있는 경기 분위기를 느낀 태식이 머릿속으로 떠올린 단어였다.

누군가 버튼을 누르기만 한다면, 폭탄이 터질 것처럼 분위기는 살벌했다. 그리고 버튼을 누른 것은 윤동하였다.

슈아악!

우송 선더스의 7번 타자 김한진을 상대로 윤동하가 던진 초구가 타자의 몸 쪽 깊은 코스로 날아들었다.

김한진이 피하기에는 역부족이었다.

퍽!

급하게 몸을 비튼 김한진의 등에 공이 맞은 순간, 태식이 눈살을 찌푸렸다.

'터졌다!'

이 사구가 버튼을 누른 셈이었다. 그리고 폭탄이 터졌다.

'보복구?'

태식이 고개를 갸웃했다.

아까 2루수였던 임현일에게 하마터면 큰 부상을 입힐 수도 있었던 위험한 슬라이딩을 시도했던 장민섭의 플레이에 대한 보복으로 사구를 던질 수 있는 상황이었다. 그러나 자세한 내막은 아무도 몰랐다.

보복의 의도성을 갖고 사구를 던졌는가 여부는 오직 마운드 위에 서 있는 윤동하만이 알 수 있었다.

'보복구가 아냐!'

그러나 태식은 윤동하가 방금 던진 사구가 보복구가 아닐 거라고 판단했다.

윤동하는 원래 제구가 좋은 편이 아닌 투수였고, 또 사구를 던진 윤동하는 당황한 기색을 감추지 못하고 있었다.

이것이 태식이 보복구가 아니라고 판단한 이유.

그렇지만.

윤동하의 사구에 보복하려는 의도성이 있었는가 여부는 더이상 중요치 않았다.

사구가 나온 순간, 김한진이 배트를 바닥에 거칠게 내던진 후 마운드 쪽으로 빠르게 뛰어나갔다. 그리고 마치 기다리고 있었다는 듯이 양 팀의 선수들이 우르르 마운드 위로 몰려들었다.

부웅!

가장 먼저 마운드 위에 도착한 이한진이 다짜고짜 주먹을 휘둘렀다.

윤동하가 간신히 피해낸 후 이한진과 몸싸움을 하며 한데 어우러졌다.

조금 늦게 도착한 용덕수가 윤동하를 말리기 위해서 다가갔을 때, 더그아웃에서 달려 나온 심태평이 용덕수를 거칠게 밀쳤다.

철퍼덕!

용덕수가 중심을 잃고 쓰러진 순간, 뒤늦게 도착한 이연수가 심태평의 얼굴을 노리고 주먹을 휘둘렀다.

팍!

그 주먹에 비껴 맞은 심태평이 쓰러진 순간, 마운드 위에 도착한 태식이 이연수를 끌어안았다.

"그만해!"

"이거 놓으세요."

"제발 그만해."

"이런 상황에 어떻게 참아요?"

"참아야 돼!"

"왜요?"

"네가 우리 팀의 에이스니까."

"하지만……."

"연수야. 부탁이다."

스르르.

태식이 재차 간곡하게 부탁한 후에야 잔뜩 힘이 들어가 있던 이연수의 몸에서 힘이 빠져나갔다.

이미 걷잡을 수 없을 정도로 번진 과열된 분위기.

여전히 흥분을 가라앉히지 못하고 있는 양 팀의 선수들을 바라보고 있던 태식의 낯빛이 어둡게 변했다.

'너무 늦었다!'

"퇴장!"

"퇴장!"

오늘 경기 두 번째 벤치 클리어링 사태로 퇴장을 당한 것은 네 명이었다.

우선 주심은 보복구를 던졌다고 판단해서 윤동하에게 퇴장 명령을 내렸고, 심태평에게 주먹을 휘두른 이연수에게도 퇴장 명령을 내렸다.

우송 선더스에서는 윤동하에게 먼저 주먹을 휘둘렀던 김한진과 주도적으로 몸싸움에 관여했던 심태평이 퇴장을 당했다.

수적으로는 공평한 결과.

그러나 태식이 판단하기에는 심원 패롯스의 손해가 훨씬 더 컸다.

4와 2/3이닝 무실점.

우송 선더스의 토종 에이스인 서광현과 비교해도 전혀 손색 없는 호투를 펼치던 윤동하가 갑자기 마운드를 떠났다.

그로 인해 어제 경기에서 소모가 심했던 불펜진이 다시 이른 시점부터 마운드에 오를 수밖에 없는 결과가 발생했다.

또 하나의 손실은 이연수의 징계 여부였다.

어차피 선발투수인 만큼 이연수가 퇴장을 당한 것은 오늘 경기에는 직접적인 타격이 없었다. 그러나 거친 언행과 함께 주먹질까지 오간 상황인 만큼, 사후 징계가 내려질 가능성이 높았다.

'어떤 징계가 내려질까?'

아직 결과는 알 수 없었다. 그러나 징계가 약할 가능성은 낮았다.

이미 팀의 에이스인 톰 하디가 불의의 부상으로 전력에서 이탈한 상황.

만약 토종 에이스인 이연수마저 징계로 인해 출전이 어려워진다면 문제는 무척 심각해지는 것이었다.

어쨌든.

이 부분은 지금 어떻게 할 수 있는 상황이 아니었다.

당장 급한 것은 오늘 경기였다.

"오늘 경기도 어려워!"

퇴장당한 윤동하를 대신해서 마운드에 오른 것은 한원희였다.

2사 1루 상황.

한원희는 첫 상대인 8번 타자 조일장과의 승부에서부터 어려움을 겪었다.

"볼넷!"

제구 난조를 드러내며 조일장에게 스트레이트 볼넷을 허용했다.

"충분히 몸을 풀지 못했어!"

한원희가 제구 난조를 드러내는 이유.

선발투수였던 윤동하가 갑작스레 퇴장당하며 불펜에서 몸을 풀 시간이 충분치 않았기 때문이다.

크게 심호흡을 한 한원희가 9번 타자 정태훈을 상대로 초구를 던졌다.

따악!

이미 조일장에서 스트레이트 볼넷을 허용하며 2사 1, 2루로 바뀐 상황.

일단 스트라이크를 던져야 한다는 강박관념에 사로잡힌 한원희가 던진 공은 가운데로 몰렸고, 정태훈은 실투를 놓치지 않고 타격했다.

따악!

잘 맞은 타구는 코스도 좋았다.

정태훈의 타구가 좌중간을 반으로 가른 사이, 2사 후였기에 일찌감치 스타트를 끊은 주자들이 모두 홈으로 들어왔다.

0 : 2.

2타점을 올린 정태훈의 적시 2루타가 터진 순간, 태식은 심원 패롯스의 연승 행진이 마감될 것임을 직감했다.

*　　　　*　　　　*

'완패!'

딸그락!

이철승이 위스키를 따르자 잔에 미리 들어 있던 얼음이 부딪히는 소리가 요란하게 흘러나왔다.

"충분히 잡을 수 있는 경기였는데."

심원 패롯스의 7연승 행진이 마감된 것이 못내 아쉬웠다. 윤동하가 기대 이상의 호투를 펼치면서 경기 중반까지의 양상이 나쁘지 않았기 때문에 더욱 아쉬움이 컸다.

'만약 동하가 퇴장만 당하지 않았다면?'

윤동하가 던졌던 사구.

보복구가 아니었다.

윤동하가 주심에게서 퇴장 명령을 받은 후, 직접 얼굴을 마주하고 물어보았기에 이것은 틀림없었다.

이미 퇴장 명령을 받은 윤동하가 굳이 거짓을 말할 이유가 없었으니까.

그러나 심판진 입장에서는 충분히 당시의 사구를 보복구라고 판단할 수 있었던 상황이었다.

"내 실수야."

굳이 탓을 하자면 퇴장 명령을 내렸던 심판진이 아니라, 과열된 경기 분위기를 알면서도 미리 주의를 줘서 선수단을 진정시키지 못했던 자신의 탓이 컸다.

어쨌든.

호투했던 선발투수 윤동하가 퇴장을 당하고 난 후, 팽팽하던 경기 양상은 순식간에 일방적으로 바뀌었다.

"혹시… 의도했던 건가?"

아쉬움이 워낙 큰 탓에 잠을 이루지 못할 거라고 판단했다.

해서 술의 힘을 빌리고 있던 이철승이 위스키가 담긴 잔을 들어 입으로 가져가다가 흠칫했다.

어쩌면 우송 선더스의 장정훈 감독이 경기가 이렇게 흘러가도록 의도했던 것이 아닌가 하는 의심이 퍼뜩 깃들었기 때문이다.

"그랬을 수도 있어!"

장정훈 감독은 경기의 판세를 읽는 능력이 출중했다.

경기 내적인 판세뿐만 아니라 경기 외적인 판세를 읽는 데도 능했다.

7연승을 내달리는 심원 패롯스의 좋은 팀 분위기, 선발투수의 무게감에서 한참 밀린다는 예상을 비웃듯이 무실점 호투를 선보였던 선발투수 윤동하, 거기에 쉬어갈 곳이 없는 심원 패롯스의 타선을 상대하면서 일찌감치 지친 기색을 드러내기 시작한 우송 선더스의 선발투수 서광현까지.

여러 요인들을 살피던 장정훈 감독은 이대로 무난하게 경기가 진행된다면, 경기에서 패할 확률이 높다고 판단했을 수도 있었다. 그리고 경기의 양상을 뒤집기 위해서 승부수를 띄웠을 가능성도 충분했다.

"이미… 지난 일이지."

퍼뜩 하나의 가능성을 떠올렸던 이철승이 위스키를 한 모금 마시고 내려놓았다.

이미 경기는 끝난 상황이었다.

그러니 계속 복기한다고 해서 달라질 것은 없었다.

"문제는 징계로군!"

후우.

이철승이 긴 한숨을 내쉬었다.

아까도 말했듯이 오늘 경기의 패배로 인해 아쉬움은 무척 컸다. 그러나 더 아쉽게 느껴지는 것은 이연수와 윤동하가 벤치 클리어링이 발발했을 때 직접적으로 연루되면서 퇴장을 당했다는 점이었다.

아직 사후 징계 수위가 결정되지 않은 상황.

그러나 어떤 식으로든 사후 징계가 나올 것은 분명했다.

KBO 사무국에서 경기 중 발생한 폭력 사태에 대해 논의할 징계 위원회를 소집한다는 공식 성명을 발표했기 때문이다.

이제 남은 문제는 사후 징계의 수위였다.

가장 좋은 것은 벌금이었다.

그러나 만약 사안이 중대하다고 판단하고 출장 정지 징계를 내린다면?

정규 시즌이 막바지로 접어들며 남아 있는 경기 수가 많지 않은 상황이었다.

이철승이 우려하는 대로 만약 두 선수에게 출장 정지 징계가 내려진다면, 심원 패롯스 입장에서는 치명타가 될 터였다.

그리고 만에 하나 출장 정지 징계의 수위가 열 경기로 정해진다면?

심원 패롯스의 운명은 송두리째 바뀌게 되리라.

돌발 변수!

정규 시즌 막바지에 터져 나온 전혀 예상치 못했던 변수로 인해 이철승이 골머리를 앓고 있을 때였다.

지이잉. 지이잉.

탁자 위에 놓아두었던 휴대전화가 진동했다.

고개를 돌려 액정에 떠올라 있는 발신자 정보를 확인한 이철승의 미간이 더욱 찌푸려졌다.

＊　　　　　＊　　　　　＊

최종 스코어 1 : 7.

태식의 직감은 틀리지 않았다.

우송 선더스에게 완패하며 심원 패롯스의 연승 행진은 마감됐다.

"마치 도미노 같았어!"

경기 패배의 직접적인 원인은 윤동하의 퇴장 이후 마운드에 올라왔던 불펜진이 무너진 것이었다.

한원희를 비롯해서 송광호, 지태민까지.

필승조에 속해 있는 계투 요원들이 모두 마운드로 올라왔지만, 우송 선더스의 타선을 막아내는 데 실패했다.

와르르!

약속이라도 한 듯 필승조 계투 요원들이 차례로 무너지던 모습은 마치 도미노처럼 느껴졌을 정도였다. 그리고 필승조 계투 요원들이 너나 할 것 없이 한꺼번에 무너져 버렸던 이유는 하나였다.

마운드에 오르기 전에 준비할 시간이 턱없이 부족했기 때문이다.

준비할 시간 없이 마운드에 올랐던 한원희가 난타당한 탓에, 서둘러 송광호를 투입했지만 결과는 크게 다르지 않았다. 그리고 송광호를 서둘러 내리고 마운드에 올렸던 지태민도 3실점을 하면서 무너졌다.

'결국 동하의 퇴장이 시발점이었어.'

비록 겉으로 드러난 패인은 필승조에 속해 있는 계투 요원들이 버티지 못했기 때문이었지만, 좀 더 근본적인 원인은 윤동하의 갑작스러운 퇴장이었다. 그리고 더 큰 문제는 한 경기가 끝이 아니었다.

벤치 클리어링 과정에서 난투극이 벌어지며 윤동하와 이연수가 모두 퇴장을 당했다.

톰 하디가 부상으로 전력에서 이탈한 상황.

만약 윤동하와 이연수마저 징계로 인해 경기에 나서지 못하게 된다면, 심원 패롯스는 한 시즌 농사를 망치게 될 가능성이 높았다.

'더 빨리 가서 말렸어야 했어!'

이연수를 말리는 것이 너무 늦었던 것 때문에 태식이 자책하고 있을 때, 커피 전문점의 문이 열렸다.

"오래 기다렸어요?"

"……."

"혹시 제가 약속 시간에 늦어서 마음이 상했어요? 그래서 지금 모른 척하고 있는 건가요?"

"……."

"제가 안 보여요?"

골몰히 생각에 잠겨 있던 태식은 눈앞에 송나영의 얼굴이 불쑥 나타난 후에야 간신히 정신을 차렸다.

"어, 언제 오셨어요?"

"벌써 아까 왔었거든요."

"네?"

"아까 문 열고 안으로 들어와서 김태식 선수를 몇 번씩이나 불렀는데 전혀 알아채지 못하더라고요."

"제가… 그랬나요?"

"네, 그랬어요. 오죽했으면 내가 유령이 된 게 아닌가 하는 생각까지 했다니까요."

"미안해요."

태식이 실수를 깨닫고 사과하자, 송나영이 픽 웃으며 말했다.

"많이 아쉬운가 보네요."

"네?"

"우송 선더스와의 경기에서 패하면서 심원 패롯스의 연승이 끊긴 것이 아쉬워서 반쯤 넋을 놓고 계셨던 거 아니에요?"

송나영에게 속내를 들켜 버린 태식이 멋쩍게 웃으며 입을 뗐다.

"아쉽긴 하네요."

"그래도 어쩌겠어요. 시간을 돌려서 다시 경기를 할 수는 없으니까 빨리 잊고 아쉬움을 털어버려야죠."

"네, 그래야죠."

송나영의 충고는 적절했다.

이미 패한 경기를 두고 아무리 아쉬워한다 한들, 달라질 것은 없었다.

아쉬움과 후회에 사로잡혀 있을 때가 아니라, 다음 경기, 또 다음 경기들을 준비해야 했다.

"그래서 드리는 말씀인데, 제가 부탁드린 건 좀 알아보셨어요?"

"네, 제가 가진 인맥을 총동원해서 알아봤죠."

"분위기가… 어떤가요?"

태식이 송나영에게 부탁한 것은 심원 패롯스와 우송 선더스의 벤치 클리어링에 대해서 사후 징계를 논의하고 있는 KBO 징계 위원회의 분위기에 대한 것이었다.

"그게… 별로 좋지 않아요."

"그런가요?"

"아직 확실한 결정은 내려지기 전인데… 제가 알아본 바로는 이연수 선수에게 10경기 출장 정지 징계가 내려질 것 같아요."

"10경기요?"

"어쩌면 그 이상일 수도 있고요."

송나영이 덧붙인 말을 들은 태식은 눈앞이 아득해지는 느낌을 받았다.

남아 있는 정규 시즌 경기 수를 감안하면 10경기 이상의 출장 정지 징계는 시즌 오프나 마찬가지였기 때문이다.

"벤치 클리어링 중에 이연수 선수가 먼저 주먹을 휘둘렀고, 또 실제적인 타격이 있었으니까요."

송나영이 설명하듯 덧붙인 말을 들은 태식이 작게 고개를 끄덕였다.

그녀의 말이 옳았다.

KBO 리그에서 벤치 클리어링이 간간히 발발하긴 하지만, 실제 주먹이 오고 가는 난투극이 벌어지는 경우는 거의 없었다. 그러니 사후 징계의 수위가 무거울 가능성이 높은 것이 사실이었다.

"동하는요?"

태식이 다시 물었다.

"윤동하 선수는 벌금 정도로 끝날 것 같아요. 실질적으로 난투극에 참가하지는 않았으니까요."

"그나마 다행이네요."

불행 중 다행이란 표현.

바로 지금에 해당하는 표현이었다.

'만약 동하마저 출장 정지 징계를 받았다면?'

톰 하디에 이어서 이연수, 그리고 윤동하까지.

심원 패롯스의 선발진을 구축하고 있는 다섯 명의 투수들 가운데 세 명이 정규 시즌 막바지에 한꺼번에 이탈하는 셈이었다.

그렇게 된다면 아예 선발진을 구성하는 것조차 어려워졌을 터.

윤동하가 벌금형에 그친다면 그나마 세 명의 투수는 정규 시즌 종료 시점까지 선발 로테이션을 지킬 수 있었다.

'그래도… 어려운 것은 마찬가지군.'

우선 세 명의 선발투수만으로 남아 있는 정규 시즌을 모두 끌고 가는 것은 불가능했다.

어떻게든 대체 선발투수를 구해서 마운드에 올려야 했다. 그렇지만 문제는 현재 심원 패롯스의 엔트리에 믿고 올릴 수 있는 선발투수 후보가 전무하다는 점이었다.

또 하나의 문제는 실질적으로 에이스 역할을 맡았던 톰 하디와 이연수가 이탈하면서, 심원 패롯스 선발진의 무게감이 확연히 떨어질 수밖에 없다는 점이었다.

'골치 아프네!'

깊은 한숨을 내쉬던 태식이 쓰게 웃었다.

자신이 이러한데 심원 패롯스를 이끄는 수장인 이철승 감독은 지금쯤 얼마나 골머리를 앓고 있을까 하는 생각이 퍼뜩 들었기 때문이다.

'감독님은 어떤 선택을 내릴까?'

이철승 감독도 사후 징계 수위에 잔뜩 신경을 곤두세우고 있을 터.

평소 이철승 감독의 성격이라면 이연수가 징계로 인해 정규 시즌 경기에 나서지 못하는 최악의 상황을 이미 염두에 두고 있을 터였다.

그런 이철승 감독이 이 난관을 타개하기 위해서 대체 어떤 방법을 찾아냈을까 하는 호기심이 막 깃들었을 때였다.

"악재가 겹쳤네요."

"그러네요."

"아니, 고작 이 정도 표현으로는 부족한 것 같네요. 지금 상황 최악이잖아요."

송나영이 정정했다.

"최악··· 이요?"

"톰 하디에 이어 이연수 선수까지 남아 있는 정규 시즌 경기에 나서지 못할 확률이 높아진 상황이에요. 가장 중요한 정규시즌 막바지에 두 명의 에이스가 동시에 빠졌으니, 최악이 아닌가요?"

송나영의 표현대로 최악이 맞았다. 그래서 태식이 반박하지 못하고 있을 때, 송나영이 안타까운 시선을 던지며 물었다.

"내가 도울 수 있는 것은 없을까요?"

"송 기자님이 도울 수 있는 것이요?"

"네. 만약 도움이 될 수 있다면 우리 캡한테 아부를 떠는 한이 있더라도 꼭 기사를 내보낼게요."

송나영의 마음 씀씀이가 고마웠다. 그러나 태식은 고개를 흔들었다. 그녀가 도울 수 있는 방법이 없다는 생각이 들었기 때문이다.

"없군요."

"그런가요?"

"그냥 마음만 받겠습니다."

"어떻게든 도움이 되고 싶었는데."

아쉬운 기색을 감추지 못하던 송나영이 두 눈을 빛내며 말했다.

"저도 하나 궁금한 게 있어요."

"뭔가요?"

"지금처럼 최악의 상황에 이런 질문을 던지는 게 좀 그렇기는 한데……."

송나영이 선뜻 말을 잇지 못하고 망설였다.

"부담 가지지 말고 물어보세요. 이미 최악인데 더 나쁜 일이야 있겠어요?"

태식이 편하게 대꾸하자, 그제야 송나영이 말을 이었다.

"일전에 했던 말씀. 아직 유효한가요?"

"어떤 걸 말씀하시는 거죠?"

"심원 패롯스가 우승할 거라고 하셨잖아요."

송나영이 덧붙인 말을 듣고서야 태식은 예전에 이렇게 단언했던 것을 떠올렸다.

"여전히 유효한가요?"

확인하듯 재차 묻는 송나영에게 태식이 대답했다.

"이제는… 모르겠습니다."

16. 투수 기근

4승 5패.

7연승 행진이 마감된 후 치러졌던 정규 시즌 막바지 일곱 경기에서 심원 패롯스가 거둔 성적이었다.

톰 하디와 이연수.

두 명의 주축 투수가 경기에 출전하지 못하는 최악의 상황임을 감안하면 나름대로 선방한 셈이었다.

톰 하디의 부상 이탈 후 본의 아니게 팀의 에이스 역할을 맡게 된 윌린 해멀스가 두 차례 선발 등판에서 모두 혼신의 역투를 펼쳤고, 윤동하도 마치 속죄를 하듯이 좋은 피칭을 펼치며 팀이 승리를 거둘 수 있는 초석을 마련했다. 거기에 타선도 힘을 낸 덕분에 4승을 거둘 수 있었던 것이었다.

그러나 한계도 명확하게 드러났다.

5선발을 맡았던 양동주는 부담감을 극복하지 못하고 초반에 무너졌다. 또, 올 시즌 주로 추격조에서 롱 릴리프 역할을 맡다가 이철승 감독의 선택을 받고 선발투수로 마운드에 올랐던 김혁도 경기 초반부터 난타당하며 많은 실점을 허용했다.

타선이 뒤늦게 힘을 냈지만, 초반에 워낙 점수 차가 크게 벌어져서 경기를 뒤집기에는 역부족이었다.

"어렵네!"

더그아웃에서 경기를 지켜보고 있던 태식의 낯빛이 어두워졌다.

아까도 말했듯이 최악의 상황인 것을 감안하면 나름 선방한 셈이었지만, 심원 패롯스의 팀 분위기는 착 가라앉아 있었다.

잇따라 악재들이 겹쳤기 때문이다.

첫 번째 악재는 사후 징계의 수위였다.

벤치 클리어링이 발발했을 때 난투극에 적극적으로 참가해 먼저 주먹을 휘둘렀던 이연수에게는 송나영이 건네줬던 정보대로 10경기 출장 정지라는 징계가 내려졌다. 그리고 무거운 징계 수위만큼이나 아쉬웠던 것은 사후 징계가 내려진 시점이었다.

벤치 클리어링이 발발한 후 정확히 사흘 뒤에 사후 징계의 수위가 결정되면서 통보가 내려왔다.

정규 시즌 종료까지 정확히 아홉 경기를 남겨 둔 시점에서 징계가 내려진 터라, 이연수는 정규 시즌 경기 출전이 불가능해졌다.

또 하나의 악재는 현재 리그 5위를 달리고 있는 마경 스왈로우스와의 격차가 두 게임으로 벌어졌다는 것이었다.

오늘 경기까지 포함해서 다섯 경기가 남아 있는 정규 시즌 일정.

리그 6위인 심원 패롯스가 가을 야구에 진출하기 위해서는 리그 5위인 마경 스왈로우스와 벌어진 두 게임의 격차를 따라잡아야 했다.

분명히 산술적으로는 가능한 상황이었다. 그렇지만 현실적으로는 절대로 쉬운 일이 아니었다.

거의 불가능에 가깝다고 해도 과언이 아니었다.

'5연승을 거둔다면? 그리고 마경 스왈로우스가 남은 다섯 경기에서 2승 3패를 거둔다면?'

현재 심원 패롯스가 그릴 수 있는 최상의 시나리오였다.

그러나 최상의 시나리오가 그려질 가능성은 높지 않았다.

톰 하디와 이연수가 전력에서 이탈하면서 선발진이 붕괴된 만큼, 현실적으로 판단한다면 5할 이상의 승률을 올리는 것도 어려운 상황이었다.

실제로 비록 경기 초반이긴 하지만, 오늘 경기도 뒤지고 있었다.

선발투수로 마운드에 오른 김혁이 초반부터 난타당하며 4실점을 허용했기 때문이다.

'무슨 수가 없을까?'

태식의 고민이 깊어졌을 때였다.

따악!

묵직한 타격음을 듣고서 태식이 상념에서 깨어났다.

여전히 9번 타순에 배치되어 있던 헨리 소사가 2사 1루 상황에서 청우 로얄스의 선발투수인 잭 바셋을 상대로 투런 홈런을 터뜨렸다.

빠른 속도로 그라운드를 돌고 홈으로 들어오는 헨리 소사의 표정은 비장했다.

무력시위!

이래도 날 계속 9번 타순에 둘 거냐고 항의하기 위한 무력시위가 아니었다.

심원 패롯츠가 현재 처해 있는 절박한 상황에 대해 잘 알고 있는 헨리 소사는 필사적인 각오를 품은 채로 타석에 임했고, 그 절박함이 추격하는 홈런을 만들어 낸 좋은 타격으로 이어진 것이었다.

2 : 4.

태식이 전광판을 살폈다.

김혁이 1회에 4실점을 했지만, 3회에 터진 헨리 소사의 투런 홈런 덕분에 2점차로 격차를 좁혔다.

"스트라이크아웃!"

이종도의 삼진으로 이닝이 종료됐다. 그리고 4회 초 수비를 위해서 그라운드로 걸어 나가던 태식이 생각했다.

'잘하면 따라잡을 수 있지 않을까?'

아직은 경기 초중반이었다.

또, 심원 패롯스의 타선은 최근 큰 기복 없이 매 경기 꾸준히 점수를 뽑아내고 있었다.

'2점의 격차를 따라잡을 힘은 충분하다.'

이것이 태식이 오늘 경기를 역전시킬 수 있을 거라는 희망을 품었던 이유였다. 그리고 단지 희망 사항으로 끝나지 않기 위해서는 한 가지 전제 조건이 필요했다.

추가 실점을 막는 것!

'여기서 추가 실점을 허용한다면?'

헨리 소사의 홈런으로 겨우 불씨를 살린 추격 분위기에 찬물을 끼얹는 셈이 될 터였다.

그런 상황이 연출되지 않기 위해서는 4회 초에도 마운드에 오른 선발투수 김혁의 호투가 필요했다. 그리고 김혁도 누구보다 이 사실을 잘 알고 있었다.

슈아악!

4회 초 선두 타자를 상대로 김혁이 던진 초구는 몸 쪽 직구였다. 그러나 제구가 흔들리며 가운데로 몰렸다.

따악!

정오현이 매섭게 돌린 배트 중심에 걸린 타구가 뻗어나갔다.

'벗어나라!'

홈런성 타구의 궤적을 눈으로 좇던 태식이 간절하게 바랐다. 그 바람이 통한 듯 정오현의 타구는 간발의 차로 폴대를 벗어났다.

정오현에게 홈런을 허용했다고 판단해서 마운드 위에 주저앉아 있던 김혁은 파울이 선언되고 나서야 일어나며 안도의 한숨을 내쉬었다.

김혁에게도, 또 심원 패롯스의 입장에서도 파울이 된 것은 다행이었다. 그러나 태식은 웃을 수 없었다.

"볼넷!"

김혁은 정오현과의 승부에서 볼넷을 허용했다.

자신의 투구가 마음에 들지 않기 때문일까.

툭. 툭!

애꿎은 마운드의 발판을 발로 걷어차는 김혁의 모습을 지켜보던 태식의 낯빛이 점점 어두워졌다.

'역효과!'

아직 경기를 역전시킬 수 있는 가능성은 충분히 남아 있다. 그것을 위해서 더 이상 실점하면 안 된다!

지금 김혁의 머릿속을 가득 채우고 있는 생각이었다. 그리고 이것은 강박으로 작용해 역효과를 불러일으켰다.

안타를 맞으면 안 된다.

홈런을 허용해서는 안 된다.

이런 생각에 사로잡혀 있다 보니, 김혁은 자꾸 도망치는 피칭을 했다.

"볼넷!"

두 타자에게 연속 볼넷을 허용하며 김혁이 스스로 위기를 자초한 순간, 태식이 답답한 한숨을 내쉬었다.

"달라!"

추격조로 등판했을 때와 선발투수로 등판했을 때, 김혁의 투구는 달랐다.

구위의 문제가 아니었다.

보직이 달라졌을 때, 김혁의 투구 내용이 달라진 이유는 멘탈의 차이였다.

추격조에 속해 있을 때, 김혁은 주로 팀이 뒤지던 상황에 등판했었다. 그리고 당시의 김혁은 공격적인 피칭을 했다. 그러나 선발투수로 등판했을 때의 김혁은 자꾸 도망치는 피칭을 하고 있었다.

"욕심이 생겼어. 또, 부담감을 이겨내지 못하고 있어."

주로 롱 릴리프 역할을 맡았던 김혁에게 있어 선발투수로 나서는 것은 기회였다.

톰 하디와 이연수의 선발진 이탈로 인해 본인에게 예고 없이 찾아온 기회를 김혁은 절대 놓치지 않고 싶을 터였다.

그러다 보니 욕심이 생겼다.

선발투수로 나서도 경쟁력이 있다는 것을 보여주고 싶다는 욕심 때문에 자꾸 투구 시에 몸에 힘이 들어가는 것이었다.

또 하나는 부담감이었다.

두 명의 에이스가 모두 경기에 나서지 못하면서 가을 야구에 진출하려는 목표를 갖고 있는 심원 패롯스에는 빨간불이 켜진 상황이었다.

그들을 대신해서 선발투수로 낙점 받은 김혁의 부담감이 큰 것은 당연했다. 그리고 김혁은 그 부담감을 이겨내지 못하고 있었다.

'한계!'

김혁의 어깨를 짓누르고 있는 부담감이 태식에게도 고스란히 전해질 정도였다. 그래서 태식이 김혁에게 향해 있던 시선을 떼고, 더그아웃으로 고개를 돌렸다.

'교체해야 하지 않을까요?'

추가 실점을 허용해서는 오늘 경기가 어려워지는 상황.

경기의 중요도를 감안하면, 선발투수인 김혁으로 경기를 계속 끌고 가기에는 불안했다. 그리고 더그아웃에서 지켜보고 있는 이철승 감독도 이런 사실들을 알아채지 못했을 리 없었다. 그럼에도 불구하고 이철승 감독은 전혀 움직이지 않았다.

'왜?'

의아한 시선을 던지던 태식이 이내 한숨을 내쉬었다.

'투수가 없어!'

톰 하디와 이연수가 경기에 출전하지 못하게 되면서 정규 시즌 막바지의 선발진만 붕괴시킨 것이 아니었다. 마치 나비효과처럼 연쇄 효과로 불펜진에도 과부하가 걸리면서 붕괴 직전까지 다다라 있었다.

이닝 이터 역할을 충실히 해주었던 톰 하디와 이연수의 부재 때문이었다.

양동주와 김혁이 경기 초반에 와르르 무너지는 경우가 잦아지면서 불펜진이 등판하는 횟수와 투구 수가 자연스레 늘어났다. 게다가 추격조를 맡았던 김혁이 선발투수로 등판하면서 불펜 투수들에게 걸리는 과부하가 더욱 심해졌다.

필승조가 모두 3연투를 한 상황.

필승조에 속한 불펜 투수를 올릴 수 있는 여건은 안 됐다. 그리고 김혁보다 더 낫다고 확신하며 마운드에 올릴 수 있는 투수도 없는 상황이었다. 그래서 이철승 감독이 움직이지 않는 것이었다.

"뒤를 받쳐줄 선수는 없다. 네가 막아라."

미동도 없는 이철승 감독이 김혁에게 보내고 있는 무언의 메시지였다. 그리고 김혁은 강박과 부담감을 이겨내지 못했다.

슈아악!

연속 볼넷을 허용한 것이 부담스러웠기 때문일까.

김혁은 초구 스트라이크를 잡기 위해 커브를 던졌다. 그러나 높게 형성된 커브를 청우 로얄스의 2번 타자 염보승은 놓치지 않고 공략했다.

따악!

높은 포물선을 그리며 쭉쭉 뻗어나가는 타구를 쫓던 태식이 도중에 멈추었다. 그리고 외야 관중석 중단에 타구가 떨어진 순간, 태식이 표정을 굳혔다.

쓰리런 홈런.

2 : 7.

우우!

우우우!

헨리 소사의 홈런 덕분에 간신히 살아났던 추격의 불씨가 꺼져 버린 순간, 관중석에서 거센 야유가 쏟아지기 시작했다.

'졌다!'

그 야유 소리를 듣던 태식은 패배를 직감했다.

최종 스코어 4 : 11.

청우 로얄스와의 시즌 최종전에서 심원 패롯스는 완패를 당했다.

"이대로… 끝나는 건가?"

이철승이 손을 들어서 불면의 밤이 잦아지면서 뻑뻑하게 변한 눈가를 문질렀다.

청우 로얄스와의 최종전에 김혁을 선발투수로 낙점했다.

경기의 중요도를 감안하면 도박수에 가까운 선택!

그러나 달리 선택의 여지가 없었다. 그래서 혹시나 하는 기대를 품은 채 김혁을 선발투수로 내보냈는데.

이철승이 내린 선택의 결과는 좋지 않았다.

김혁은 부담감을 이겨내지 못하고 초반에 와르르 무너져 버렸으니까.

"어쩔 수 없었어!"

이철승이 변명하듯 혼잣말을 꺼냈다가 이내 고개를 흔들었다.

톰 하디와 이연수.

순위 다툼이 치열하게 벌어지는 정규 시즌 막바지.

가장 결정적인 시점에 팀의 주축이라 할 수 있는 톰 하디와 이연수, 두 투수가 부상과 징계로 경기에 나설 수 없게 된 것은 말 그대로 돌발 변수였다.

이철승으로서도 전혀 예상치 못했던 돌발 변수.

그렇지만 감독의 책임은 컸다.

이런 변명을 늘어놓는다고 해서 책임에서 자유로울 수는 없었다.

우우!

우우우!

경기 말미, 심원 패롯스 홈 팬들이 쏟아내던 거센 야유 소리가 귓가에 되살아난 순간, 이철승이 미간을 찌푸렸다. 그리고 심원 패롯스의 패배 소식을 전하는 기사에 달려 있던 댓글들이 떠올랐다.

—과학은 위대하다.

—DTD. 이거슨 진리. 인정?

—이연수 주먹질 한 방에 심원 패롯스 망함.

—이연수 탓하지 마라. 따지고 보면 감독 탓이다.

—내가 전에 그랬지? 트레이드 때문에 망했다고. 안주열이 있었다고 생각해 봐라.

—그립다. 안주열.

그나마 불행 중 다행인 것은 리그 5위인 마경 스왈로우스도 최근 기세가 주춤하며 오늘 경기에서 패했다는 것이었다.

 덕분에 두 게임의 격차를 유지할 수 있었다.

 이제 정규 시즌 종료까지 네 경기가 남은 상황.

 여전히 산술적으로는 마경 스왈로우스를 제치고 리그 5위로 가을 야구에 참가할 가능성이 남아 있었다. 그러나 심원 패롯스의 팬들은 가을 야구 진출이 불가능하다고 판단하고 있었다. 그리고 팬들이 이런 판단을 내리고 있는 것은 어쩌면 당연했다.

 야구 전문가들과 해설 위원들 모두 심원 패롯스의 가을 야구 진출 실패를 기정사실화하고 있었으니까.

 또, 정작 심원 패롯스를 이끌고 있는 감독인 이철승도 가을 야구 진출에 대한 희망의 끈을 거의 놓아버린 상황이었으니까.

 어쨌든.

 심원 패롯스가 가을 야구 진출에 실패했다고 판단한 팬들은 이번 실패에 대한 원흉을 찾는데 열을 올리고 있었다.

 그런 팬들이 처음으로 찾아낸 원흉은 과학이었다.

 DTD!

 DTD는 Down Team is Down의 약자였다.

 쉽게 말해서 내려갈 팀은 내려간다는 뜻이었다.

 정규 시즌 막바지까지 무서운 기세로 리그 5위인 마경 스왈로우스를 추격했지만, 결국 역전에 성공하면서 가을 야구 진출을 하는 것을 불가능하다는 것을 의미하는 용어였다.

과학이란 그럴듯한 말로 포장되어 있었지만, 일종의 조롱이라 하고 할 수 있었다.

팬들이 다음으로 찾아낸 원흉은 이연수였다.

에이스 역할을 맡았던 톰 하디의 경우, 불의의 부상으로 인해 정규 시즌 막바지에 전력에서 이탈했다. 그렇지만 이연수의 경우는 달랐다.

벤치 클리어링이 발발했을 당시 난투극에 참가하면서 사후 징계를 받아 남은 경기에 출전하지 못하게 된 것이었다.

이철승은 물론이고, 팬들의 입장에서도 이연수의 전력 이탈은 두고두고 아쉬울 수밖에 없는 부분이었다. 그래서 팬들은 심원 패롯스의 가을 야구 진출 실패의 책임을 이연수에게 전가하려는 것이었다.

팬들이 찾아낸 마지막 원흉은 감독인 이철승이었다. 그리고 팬들이 이철승을 비난하는 가장 큰 이유는 트레이드였다.

정규 시즌 중반에 젊은 유망주 투수인 안주열을 내주고, 김태식과 용덕수를 받아들였던 1 : 2 트레이드.

트레이드가 성사됐을 당시, 팬들의 비난은 무척 거셌다. 그러나 최근에는 트레이드에 대한 비난 여론이 거의 수그러들어 있었다.

윈윈 트레이드.

김태식과 용덕수가 맹활약하면서 당시의 트레이드는 윈윈 트레이드라는 평가가 지배적이었기 때문이다. 그렇지만 한동안 자취를 감추었던 당시 트레이드에 대한 비난이 다시 쏟아지고 있었다.

그 이유는 하나.

톰 하디와 이연수가 부상과 징계로 전력에서 이탈하면서 선발 로테이션이 붕괴된 현 상황에서 만약 안주열이 트레이드를 통해 팀을 떠나지 않고 남아 있었다면, 선발 로테이션의 붕괴라는 최악의 상황을 피할 수 있었을 것이라는 가정 때문이었다.

그러나.

"과연… 이 비난이 옳은가?"

이철승이 고개를 갸웃했다.

팬들의 비난은 결과론에 입각한 근거 없는 비난일 뿐이었다.

'만약 김태식과 용덕수가 없었다면?'

그랬다면 심원 패롯스가 마경 스왈로우스와 가을 야구 진출을 두고 정규 시즌 막바지까지 경쟁하는 위치까지 도달하지도 못했을 것이 틀림없었다.

"정말… 내 실수였을까?"

팬들이 쏟아내는 비난은 감수할 수 있었다.

야구 전문가가 아니었기 때문이다.

팬들은 과정과 결과라는 전후 관계를 모두 따지기보다 팀의 최종 성적이라는 결과만 중시하는 편이었다.

그래서 좋은 결과를 얻지 못하면 맹목적으로 비난을 쏟아냈다.

그렇지만 심원 패롯스와 직접적인 관계가 있는 박순길 단장은 오랫동안 야구계에 몸담았던 인물이었다.

그런 그가 일반 팬들과 마찬가지로 당시의 트레이드에 대해서 맹비난을 쏟아낸 것이 이철승으로서는 이해하기 어려웠다.

"모르겠군!"

위스키가 1/3가량 남은 잔을 들어서 입으로 가져가던 이철승이 박순길 단장과의 만남을 떠올렸다.

17. 엇박자

이덴홀.

호텔 지하에 위치한 바인 이덴홀의 내부는 조용했다.

클래식 선율이 흐르는 이덴홀 안에는 혼자 찾아온 손님들이 드문드문 앉아서 말없이 술잔을 기울이고 있었다.

입구에서 이덴홀 내부를 살피던 이철승은 구석 자리에 혼자 앉아서 술잔을 기울이는 박순길 단장을 발견하고 걸음을 옮겼다.

"조금 늦었습니다."

"왔나? 오랜만이군!"

박순길 단장이 반백의 머리를 손으로 쓸어 올리며 이철승을 맞이했다.

"네, 오랜만에 뵙겠습니다."

박순길 단장이 건넨 인사.

그냥 꺼낸 빈말이 아니었다.

단장과 감독.

실질적으로 프로야구 팀을 함께 이끌어 가는 쌍두마차라고 표현해도 과언이 아니었다. 그렇지만 박순길 단장과 이철승이 만난 것은 무척 오래간만이었다.

'언제가 마지막이었더라?'

박순길 단장과의 마지막 만남이 대체 언제였는가를 떠올리는데 한참 고민을 해야 할 정도였으니 더 말해 무엇 할까.

'그때가 마지막이었군!'

이철승이 한참 만에 박순길 단장과의 지난 만남에 대한 기억을 떠올리는 데 성공했다.

안주열을 내주고 김태식과 용덕수를 받아들이는 트레이드.

당시 트레이드를 앞두고 박순길 단장과 미팅을 했던 것이 마지막이었다.

'그때… 트레이드를 강하게 반대했었지!'

그 미팅에서 박순길 단장은 트레이드에 반대 의사를 피력했었다. 그리고 트레이드를 극구 반대하던 박순길 단장을 설득하는데 무척 애를 먹었던 것이 떠올랐다.

'아닌가?'

당시 이철승과 박순길 단장과의 대화는 평행선을 달렸다.

서로 한 치도 물러서지 않았고, 그로 인해 설득이 불가능했다. 결국 고성이 오가는 설전을 한바탕 벌이고 난 후에야 박순길 단장에게서 트레이드 허락을 받아낼 수 있었다.

물론 아무런 조건 없이 순순히 허락했던 것은 아니었다.

박순길 단장은 선택에 대한 책임을 져야 한다는 조건을 내걸었었다.

"야구라는 게 참… 어렵지 않은가?"

박순길 단장이 질문을 던지고 나서야, 이철승이 상념에서 깨어났다.

"네, 참 어렵습니다."

가뜩이나 골치가 아픈 상황인 데다가, 박순길 단장과의 만남은 불편한 자리였다. 그래서 술 생각이 간절했던 이철승이 앞에 놓인 빈 잔을 들며 대답했다.

"오래 할수록 더 어려운 것 같아."

위스키병을 들어 이철승이 내밀고 있던 잔을 채워준 박순길 단장이 덧붙였다.

"예상치 못한 일도 많이 발생하고 말일세."

톰 하디와 이연수.

정규 시즌 막바지에 두 명의 선발투수가 동시에 전력에서 이탈한 것을 염두에 두고 꺼낸 말임을 깨달은 이철승이 쓰게 웃었다.

"죄송합니다."

"죄송하다고?"

"네."

"자네가 죄송할 일이 뭐가 있는가? 이건 누구도 예상치 못했던 돌발 변수였을 뿐인데."

"제가 심원 패롯스의 감독이니까요."

"응?"

"이번 일이 예상치 못했던 돌발 변수라고 하더라도, 결국 감독인 제가 책임져야 한다고 생각합니다."

이철승이 사과를 한 이유를 설명한 순간, 박순길이 고개를 흔들었다.

"틀렸네."

"뭐가 틀렸습니까?"

"자네 혼자 책임져야 할 일이 아니란 뜻이네. 나도 책임에서 자유로울 수 없어. 내가 우리 팀의 단장이니까."

"……."

"단도직입적으로 묻겠네. 어떨 것 같나?"

박순길 단장이 화제를 급전환하며 질문을 던졌다.

"무슨 말씀이십니까?"

"우리 팀의 가을 야구 진출. 가능할까?"

비로소 박순길 단장이 아까 던졌던 질문의 의미를 알아챌 수 있었지만, 이철승은 선뜻 대답을 꺼내지 못하고 망설였다.

산술적으로는 아직 심원 패롯스의 가을 야구 진출 가능성이 남아 있었다. 그렇지만 이철승은 가을 야구 진출에 대한 희망의 끈을 거의 놓아버린 상황이었다.

그런 만큼 솔직히 어려울 것 같다는 대답을 꺼내는 것이 맞왔다. 그런데 그 말을 꺼내는 것이 생각처럼 쉽지 않았다.

'박순길 단장의 앞이라서? 아니면, 알량한 자존심 때문에?'

이철승이 고개를 흔들었다.

이런 이유들 때문이 아니었다.

어렵다는 대답을 꺼내놓기 어려운 진짜 이유는 따로 있었다.

만약 지금 어렵다고 대답해 버리면 심원 패롯스의 가을 야구 진출이 진짜 물 건너가 버릴 것 같다는 막연한 두려움 때문이었다.

그 막연한 두려움이 이철승의 대답을 가로막고 있었다.

"역시… 어렵다고 생각하고 있군."

이철승이 선뜻 대답하지 못하고 머뭇거리자, 박순길 단장은 대답을 더 기다리지 않고 침묵의 의미를 긍정이라고 임의로 판단했다.

불쑥 반발심이 치민 이철승이 서둘러 입을 뗐다.

"아직 가능성은 남아 있습니다."

"가능성은 남아 있다?"

"네."

"정말 그렇게 생각하나?"

"마지막까지 최선을 다해볼 생각입니다."

이철승이 원론적인 대답을 꺼내 놓았지만, 박순길 단장은 영 마뜩찮은 기색을 드러냈다.

"그런 말은 기자들 앞에서나 하고, 지금은 우리끼리니까 솔직하게 말해보세."

"……."

"그래서 하는 말인데, 내가 자넬 어떻게 생각하는 것 같은가?"

예상치 못했던 질문을 받은 이철승이 술기운 때문에 얼굴이 불그스름하게 변한 박순길 단장을 바라보았다.

평소 박순길 단장은 말수가 적은 편이었다. 또, 좀처럼 속내를 드러내지 않는 편이라, 마음 속으로 무슨 생각을 하는지 의중을 파악하기 힘들었다.

"정확히는 모르겠습니다. 그렇지만……."

"편하게 말해보게."

"저를 그리 좋아하시지는 않는 것 같습니다."

이철승이 마지못한 표정으로 대답하자, 박순길 단장의 입꼬리가 올라갔다.

"제대로 맞춘 걸 축하하네."

"제가 맞췄습니까?"

박순길 단장은 축하한다고 말했다.

그러나 이철승은 기뻐할 수 없었다.

그동안 애써 감추고 있던 속내를 박순길 단장이 드러낸 셈이었기 때문이다.

"방금 맞춘 대로 난 자넬 그다지 좋아하지 않네. 혹시 그 이유도 알겠는가?"

"성적… 때문이 아닐까 생각합니다."

프로야구 감독은 결국 팀의 성적으로 평가를 받는 직업이었다. 그리고 심원 패롯스의 감독으로 부임한 후 이철승이 거둔 성적은 좋지 않았다.

부임 첫해인 작년에도 가을 야구 진출에 실패했고, 2년 차인 올 시즌에도 가을 야구 진출이 거의 물 건너간 상황이었으니까.

"아주 틀린 말은 아니지만… 더 큰 이유가 있네."

"무엇입니까?"

"내 뜻대로 움직이지 않거든."

"……?"

"가장 대표적인 케이스가 바로 트레이드였지."

"트레이드는 당시로서는 어쩔 수 없는 선택이었습니다."

"선택의 여지가 없었다?"

"네. 심원 패롯스의 약점이었던 포지션을 강화하기 위한 불가피한 선택이었습니다."

이철승이 한숨을 내쉬었다.

트레이드를 할 당시에 박순길 단장과 설전을 벌였었다.

그걸로 끝이라고 생각했는데.

이철승의 착각에 불과했다.

다시 트레이드의 공과에 대한 논의가 재점화되고 있었다.

"그렇지만 결과는 좋지 않았지."

박순길 단장이 코웃음을 치며 말했다.

"꼭 그렇게 단언하기에는……."

이철승이 반박하려 했지만, 박순길 단장은 도중에 말을 잘

랐다.

"팩트만 놓고 이야기하세. 자네도 알다시피 우리 팀은 올 시즌에도 가을 야구 진출이 어려워진 상황이고, 만약 안주열이 팀에 남아 있었다면 이렇게 돌발 변수가 발생했을 때 큰 도움이 되었을 테지."

이철승이 위스키가 든 잔을 들어 입으로 가져갔다.

얼핏 듣기에는 박순길 단장의 말이 옳았다. 그러나 과정을 무시하고 결과만 갖고 분석한 결과일 뿐이었다.

'만약 김태식과 용덕수가 시즌 도중에 트레이드를 통해서 우리 팀에 합류하지 않았다면?'

심원 패롯스는 시즌 막바지까지 가을 야구 진출에 대한 희망을 품어보지도 못했을 확률이 높았다.

해서 이철승이 다시 반박하려고 했지만, 박순길 단장이 좀 더 빨리 이야기를 이어나갔다.

"난 이 팀의 단장이네. 그리고 단장은 우리 팀의 성적뿐만 아니라 다른 여러 부분도 신경 쓰지 않은 수 없는 법이네."

"무슨… 말씀이십니까?"

"모그룹과 직결되는 구단의 이미지, 홍보 효과, 관중 수 등등이지. 그런 면에서 자네의 선택은 낙제점이었네."

"낙제점이라고 하셨습니까?"

표현이 너무 과하다는 생각이 든 이철승이 살짝 언성을 높였다. 그렇지만 박순길 단장은 아랑곳하지 않고 이야기를 이어나갔다.

"왜? 순순히 수긍하기 어려운가? 그럼 트레이드를 예로 들어 볼까? 당장의 성적에 급급해서 장차 팀의 미래가 될 거라는 기대를 모았던 안주열을 타 팀에 넘겨준 것. '사람이 자산이자 미래'라는 모그룹의 슬로건과 정면으로 배치되는 것이었어. 구단의 비전과 모그룹의 비전이 엇박자를 냈다고 표현하면 될까?"

이철승이 지그시 입술을 깨물었다.

얼핏 들으면 일리가 있는 것처럼 느껴졌다.

그렇지만 이건 궤변에 불과했다. 그리고 방금 박순길 단장이 한 말이 궤변인 이유는 전제 조건이 잘못됐기 때문이다.

프로야구 구단과 모그룹의 관계.

프로야구 구단은 모그룹의 홍보를 위해 존재하는 것이 아니었다.

적어도 이철승의 생각은 그랬다.

해서 반박하려고 했지만, 이번에도 박순길 단장이 조금 더 빨랐다.

"만약 그런 무리수를 두어서 좋은 성적이라도 거두었다면 또 모르겠지만… 그것도 아니었지."

"아직… 시즌은 끝나지 않았습니다."

"기적이 일어날지도 모른다?"

심원 패롯스의 가을 야구 진출과 한국 시리즈 우승.

이제는 기적이라고 불러도 어색하지 않을 정도로 힘들어진 것이 사실이었다. 그렇지만 이철승은 아직 기적이 일어나기를 바라고 있었다.

"진인사대천명이라고 생각합니다."

"간절히 바라면 기적이 일어날 수도 있다?"

"네."

"자네와 나는 역시 다르군."

"……?"

"난 기적 같은 건 믿지 않네. 지극히 현실적인 편이거든. 그래서 올 시즌이 아니라 내년 시즌을 바라보고 있네."

박순길 단장이 힘주어 말한 순간, 이철승이 미간을 찌푸렸다.

이미 올 시즌에 대한 기대를 접고 내년 시즌을 바라보는 박순길 단장과 여전히 올 시즌에 대한 희망의 끈을 놓지 않은 이철승.

서로간의 현격한 시각차를 느꼈기 때문이다.

"이제 슬슬 본론으로 들어가세. 내가 자넬 부른 이유는 내년 시즌에 대한 구상을 하기 위해서네."

박순길이 위스키 잔을 들어 올리며 운을 뗐다. 그러나 이철승은 박순길 단장의 이야기가 제대로 귀에 들어오지 않았다.

아직 올 시즌이 종료되지 않은 시점.

내년 시즌 구상까지 생각할 여력이 없었기 때문이다. 그렇지만 박순길 단장은 아랑곳하지 않고 이야기를 이어나갔다.

"아까 각자 입으로도 밝혔듯이 올 시즌 우리 팀의 실패에 대한 책임에서 자네와 나는 자유로울 수 없는 입장이네."

"책임… 이요?"

"그래, 책임."

아까부터 유난히 책임을 강조하고 있는 박순길 단장의 의도가 수상했다. 해서 이철승이 참지 못하고 질문을 던졌다.

"제게 진짜 하고 싶으신 말씀이 무엇입니까?"

박순길 단장이 대답했다.

"난 자네에게 실패에 대한 책임을 물을 생각이네."

똑똑!

노크 소리를 듣고서 이철승이 상념에서 깨어났다.

'누구지?'

학습 효과일까?

손목시계를 통해 밤 열한 시가 훌쩍 넘은 야심한 시각이라는 것을 확인한 이철승이 퍼뜩 떠올린 것은 김태식이었다.

자신이 고민에 빠져 있을 때마다 김태식은 감독실로 찾아와서 난관을 타개할 수 있는 해법을 제시했었다

'어쩌면?'

오늘도 지금 자신이 고민하고 있는 부분에 대한 해법을 꺼내놓기 위해서 김태식이 찾아온 게 아닐까 하는 생각이 퍼뜩 들었다. 해서 내심 기대를 품었던 이철승이 이내 고개를 절레절레 내저었다.

톰 하디와 이연수.

두 명의 에이스급 투수가 동시에 전력에서 이탈해 버린 지금은 말 그대로 최악의 상황이었다.

아무리 김태식이라고 해도 어떤 해법을 꺼내놓기 힘들었다. 그래서 기대를 내려놓은 채 감독실의 문을 열었던 이철승이 살짝 눈을 치켜떴다.

예상이 빗나갔기 때문이다.

야심한 시각, 감독실을 찾아온 것은 김태식이 아니었다.

용덕수가 문 앞에 서 있었다.

18. 수준급 투수

"덕수, 네가 이 시간에 어쩐 일이야?"

예상이 빗나간 순간, 이철승이 의아한 시선을 던지며 질문했다.

"꼭 드리고 싶은 말씀이 있어서 찾아왔습니다."

용덕수의 표정은 비장했다.

'무슨 일이지?'

용덕수를 물끄러미 바라보던 이철승이 우선 안으로 들어오라고 권했다.

"한잔할래?"

용덕수의 시선이 절반가량 남아 있는 위스키병에 고정되어 있다는 것을 뒤늦게 알아챈 이철승이 물었다.

"그래도 됩니까?"

"뭐, 한 잔쯤은 괜찮을 것 같은데."

"그럼 딱 한 잔만 하겠습니다."

"응?"

"주신다면서요?"

"그래, 잠깐만 기다려."

새 잔을 꺼내서 얼음을 담던 이철승이 쓰게 웃었다.

용덕수와 김태식은 확실히 달랐다.

김태식은 술을 일절 입에 대지 않았던 반면, 용덕수는 예의 상 한번 권했을 뿐이었는데 냉큼 술을 달라고 부탁했다.

"자, 마셔."

"감사합니다."

잔을 받자마자 입으로 가져가 한 모금을 마신 용덕수가 웃으며 말했다.

"감독님."

"왜?"

"가끔씩 찾아와도 됩니까?"

"응?"

"형이, 아니, 제 룸메이트인 태식 선배가 워낙 엄격하거든요. 그래서 태식 선배가 잠들고 난 후에 가끔씩 감독님을 찾아오면 오늘처럼 술을 한 잔씩 얻어먹을 수 있을까 해서요."

넉살 좋은 용덕수를 바라보던 이철승이 피식 하고 실소를 흘렸다.

위스키 한 잔 주는 것이 뭐 그리 어려울까.

"술 생각이 나면……."

그래서 술 생각이 간절할 때면 언제든지 자신을 찾아오라고 말하려 했던 이철승이 도중에 입을 다물었다.

위스키가 아까워서가 아니었다.

'이곳을 떠나야 할지도 몰라!'

지난번, 이텐홀의 불편했던 술자리에서 박순길 단장은 책임에 대해서 논했다. 그리고 그의 결심대로 굴러간다면 이철승은 머잖아 감독실을 비워야 할지도 몰랐다.

즉, 용덕수가 술 생각이 간절해져서 찾아온다고 하더라도 이곳의 주인이 바뀌어 있을 가능성이 높았다.

"그런데 무슨 말을 하고 싶어서 찾아온 거야?"

퍼뜩 거기까지 생각이 미친 이철승이 서둘러 화제를 돌리자, 용덕수가 위스키를 한 모금 더 마신 후 대답했다.

"감독님의 고민을 덜어드리기 위해서 찾아왔습니다."

"응?"

"지금 감독님께서 하고 계신 고민이 무엇인지 알고 있습니다. 그 고민을 해결할 방법을 알려 드리기 위해서 찾아왔다는 말입니다."

이철승이 막 입으로 가져가려 했던 위스키 잔을 탁자에 다시 내려놓고 용덕수를 빤히 바라보았다.

분명히 다른 사람이었다.

그런데 꼭 김태식과 마주앉아 있는 느낌이 들었다.

지금 앞에 앉아 있는 용덕수와 김태식의 말투, 그리고 확신에 찬 눈빛이 무척 비슷했기 때문이다.

"닮았네."

"네?"

"태식이와 닮았다고. 룸메이트로 한 방에서 지낸 시간이 길어지다 보니 서로 닮아가는 건가?"

"좋아해서일 겁니다."

"응?"

"제가 태식 선배를 엄청 좋아하거든요. 좋아하는 사람과는 닮는 법이라는 말도 있지 않습니까?"

"그래. 그렇다고 치고. 아까 하던 이야기를 계속해 봐."

혹시나 하는 기대를 품은 채 이철승이 재촉했다.

그 재촉을 받은 용덕수가 눈치를 살피며 조심스럽게 입을 뗐다.

"우선 오해하시면 안 됩니다."

"무슨 오해?"

"그러니까 지금부터 제가 드릴 말씀이 조금 황당하게 들릴 수도 있거든요. 그렇지만 제 말을 믿으셔야 합니다."

선뜻 본론으로 들어가지 못하던 용덕수가 한참만에야 다시 입을 뗐다.

"지금 우리 팀에는 투수가 필요합니다. 이건 감독님도 인정하시죠?"

"그래."

정규 시즌 막바지, 톰 하디와 이연수가 동시에 전력에서 이탈한 타격은 컸다.

선발진이 붕괴된 것은 물론이고, 등판 횟수와 투구 수가 늘어나면서 불펜진마저 붕괴되기 일보 직전이었다.

그러니 투수가 절대적으로 부족했다.

"그것도 그저 그런 투수가 아니라, 믿고 마운드에 올릴 수 있는 수준급 투수가 필요합니다. 이것도 인정하시죠?"

"인정해. 그런데 누구나 다 알고 있는 뻔한 이야기를 하려고 이렇게 야심한 시각에 날 찾아온 건가?"

"에이, 그건 아닙니다."

"그럼?"

"아까도 말씀드렸듯이 감독님의 고민을 해결해 드리기 위해서 찾아왔습니다."

"무슨 수로?"

"지금 우리 팀에 꼭 필요한 수준급 투수를 제가 알고 있습니다."

이철승이 용덕수를 빤히 바라보았다.

그 강렬한 시선을 피하지 않은 채 용덕수가 물었다.

"왜 그렇게 보세요?"

"우선 확인하려고."

"뭘 확인하시려는 겁니까?"

"너 취했냐?"

"안 취했는데요."

"그런데?"

"……?"

"그런데 왜 그런 말도 안 되는 소릴 하느냐고?"

이철승은 심원 패롯스를 이끄는 수장인 감독.

팀 내부의 사정과 선수들에 관해서는 어느 누구보다 잘 파악하고 있다고 자부하고 있었다. 그리고 이철승이 파악하고 있는 한 현재 심원 패롯스 팀 내에 수준급 투수는 물론이고 쓸만한 투수도 존재하지 않았다.

'만약 그런 투수가 존재했다면?'

이철승이 이렇게 깊은 고민에 빠지지도 않았을 터였다.

"감독님."

"말해."

"이런 반응을 보이실 것 같아서 제가 아까 오해하지 말아 달라고 미리 말씀드렸던 겁니다. 황당하게 들리시겠지만, 우리 팀에는 수준급 투수가 있습니다."

"하지만……."

"포수인 제가 직접 공을 받아봤습니다. 그래서 이렇게 확신을 갖고 말씀드릴 수 있는 겁니다."

이철승이 다시 용덕수를 바라보았다.

용덕수의 두 눈에는 초점이 잡혀 있었다.

술에 취하지 않았다는 증거.

그리고 용덕수의 표정은 무척 진지했다.

"그럼 어디 들어나 보지. 네가 말한 우리 팀의 수준급 투수가 대체 누구야?"

용덕수가 망설이지 않고 대답했다.

"태식 선배입니다."

＊　　　　　＊　　　　　＊

심원 패롯스 VS 여울 데블스.

정규 시즌 종료까지 각각 네 경기씩만 남겨두고 있는 두 팀의 시즌 마지막 대결.

오늘 경기는 각기 다른 의미로 양 팀에게 모두 중요했다.

우선 리그 6위에 이름을 올리고 있는 심원 패롯스는 실낱같은 가을 야구 진출의 희망의 끈을 이어나가기 위해서 오늘 경기에서의 승리가 꼭 필요했다.

만약 남아 있는 네 경기에서 한 경기라도 패한다면. 가을 야구 진출에 대한 실낱같은 희망의 끈도 끊어지는 것이나 마찬가지인 상황이었다.

더구나 오늘 경기 심원 패롯스의 선발투수는 윌린 해멀스였다.

톰 하디와 이연수가 부상과 징계로 전력에서 이탈한 후에 팀의 에이스 역할을 떠맡은 윌린 해멀스가 등판한 경기에서 패한다면, 심원 패롯스로서는 돌이킬 수 없는 치명상이 될 것이 자명했다.

그리고 여울 데블스도 오늘 경기가 중요했다.

현재 리그 3위.

리그 5위로 후반기를 시작했던 여울 데블스는 무서운 뒷심을 발휘하면서 두 단계 순위가 상승해 있었다. 그렇지만 여울 데블스를 이끌고 있는 이만술 감독은 여기서 만족하지 않았다.

리그 2위인 우송 선더스와의 격차는 겨우 반 게임, 또 리그 선두인 대승 원더스와의 격차도 한 게임 반에 불과했다.

이만술 감독은 남은 정규 시즌 네 경기에서 영화 같은 역전극을 만들어 내서 한국 시리즈에 직행하겠다는 다부진 포부를 갖고 있었다.

그런 만큼 이만술 감독은 오늘 심원 패롯스와의 경기는 무조건 잡아내고 나서, 대승 원더스와의 시즌 최종전에서 승부를 걸겠다는 출사표를 진즉에 던진 상태였다.

0 : 0.

경기는 팽팽한 투수전 양상으로 흘러갔다.

각각 중차대한 임무를 부여받고 선발투수로 나선 윌린 해멀스와 임명훈은 부담감을 이겨내며 훌륭한 투구를 선보였다.

6회까지 무실점 호투를 펼쳤던 윌린 해멀스는 7회 말에도 마운드에 올랐다.

7회 말, 여울 데블스의 선두 타자는 3번 타자 임훈기였다.

풀카운트까지 이어진 승부.

슈아악!

월린 해멀스는 6구째로 포크볼을 구사했다.

타자의 무릎 높이로 파고들다가 홈 플레이트 앞에서 뚝 떨어지는 월린 해멀스의 포크볼은 날카로웠다.

오늘 여러 차례 결정적인 순간에 여울 데블스 타자들의 헛스윙을 끌어내며 결정구 역할을 충실히 했던 포크볼.

그렇지만 타순이 두 바퀴 돌면서 면역이 생겨서일까?

임훈기는 도중에 배트를 멈추었다.

"볼넷!"

7회 말의 선두 타자인 임훈기를 볼넷으로 내보낸 월린 해멀스는 아쉬운 기색이 역력했다. 그런 그의 너른 등이 크게 들썩이는 것이 태식의 눈에 들어왔다.

"지쳤어!"

본의 아니게 가장 중요한 시점에 팀의 에이스 역할을 떠맡아야 했던 월린 해멀스가 느꼈을 부담감과 중압감은 무척 컸을 터였다. 게다가 어느덧 100개가 넘어선 투구 수도 부담이 되고 있을 터였다.

또, 자신이 흔들릴 경우에 믿고 뒤를 맡길 수 있는 불펜 투수가 없다는 것도 압박감으로 다가왔을 것이었다.

"조금만 더 버텨라!"

태식이 작게 중얼거렸다.

지금까지 월린 해멀스의 투구는 충분히 훌륭했다. 그렇지만 불펜진이 붕괴되다시피 한 심원 패롯스의 특수한 사정상, 월린 해멀스가 더 힘을 내며 마운드에서 조금 더 버텨줘야만 했다.

"수비!"

마운드 위에서 외롭게 힘겨운 싸움을 펼치고 있는 윌린 해멀스를 팀원들이 도울 수 있는 것은 하나뿐이었다.

수비에서 최대한 집중력을 발휘해서 윌린 해멀스의 무거운 어깨를 조금이라도 가볍게 만들어줘야 했다.

'한 점 승부!'

어느덧 경기는 후반부로 접어든 시점.

한 점 승부가 될 가능성이 높았다. 그리고 여울 데블스의 이만술 감독도 이렇게 판단하고 있을 터였다.

'보내기번트?'

한 점의 짜내기 위한 가장 확실한 작전은 타자에게 보내기번트를 지시해 1루 주자인 임훈기를 2루로 보내는 것이었다.

그래서 보내기번트 작전을 퍼뜩 떠올렸던 태식은 이내 고개를 가로저었다.

다음 타석에 등장하는 것이 여울 데블스의 4번 타자인 제이슨 베리텍이었기 때문이다.

올 시즌 제이슨 베리텍이 희생번트를 한 것은 단 한 차례도 없었다.

물론 상황이 상황이니만큼, 모두의 허를 찌르는 보내기번트 작전을 펼칠 가능성도 전무한 것은 아니었다. 그러나 번트에 능숙하지 않은 제이슨 베리텍에게 갑자기 번트 작전을 지시하는 것은 위험부담이 무척 컸다. 또, 제이슨 베리텍의 장타력도 포기하기는 아쉬운 부분이었다.

'히트 앤 런?'

이런 점들을 감안한다면, 이만술 감독이 꺼내 들 확률이 가장 높은 작전은 히트 앤 런이었다. 그리고 윌린 해멀스도 이 사실을 잘 알고 있었다.

탁!

탁!

잇따라 견제구를 던지면서, 1루 주자인 임훈기를 철저하게 묶어두기 위해 노력했다.

슈아악!

제이슨 베리텍을 상대로 윌린 해멀스가 던진 초구는 포크볼이었다.

히트 앤 런 작전이 나올 것을 대비해서 던진 유인구.

그러나 제이슨 베리텍은 배트를 휘두르지 않았다.

'히트 앤 런이 아니다!'

일련의 과정들을 유심히 살피던 태식이 두 눈을 빛냈다.

태식이 히트 앤 런 작전이 아니라고 판단한 근거는 1루 주자인 임훈기의 움직임이었다.

윌린 해멀스가 와인드업을 마쳤음에도 임훈기는 스타트를 끊지 않았다.

견제사에 대한 두려움 때문이 아니었다.

'작전이 걸리지 않았어!'

이만술 감독이 선택한 것은 작전을 펼치는 대신, 타자인 제이슨 베리텍의 능력을 믿고 맡기는 것이었다. 그리고 제이슨 베리텍은 이만술 감독의 기대에 부응했다.

슈아악!

월린 해멀스가 2구째로 던진 슬라이더를 잡아당겨서, 1, 2루 간을 꿰뚫는 우전 안타를 터뜨렸다.

타구를 잡기 위해서 앞으로 대시하며 태식이 1루 주자였던 임훈기의 움직임을 유심히 관찰했다.

'3루까지 뛸 확률이 높아!'

한 점 승부가 될 확률이 높은 투수전 양상의 경기, 그리 빠르지 않은 타구의 속도, 또 비교적 발이 빠른 편인 임훈기의 주력까지.

이런 여러 가지 요인들을 감안하면 임훈기는 2루를 통과해서 3루까지 내달릴 확률이 높았다.

그런 태식의 예상이 들어맞았다.

여율 데블스의 주루 코치가 크게 팔을 돌렸고, 2루 베이스를 밟은 임훈기는 멈추지 않고 그대로 3루를 향해 뛰었다.

글러브로 타구를 잡아낸 태식이 대시하던 속도를 늦추었다.

일반적인 경우 외야수는 3루로 달리는 주자를 잡기 위해서 대시하던 속도를 늦추지 않고 송구하는 경우가 대부분이었다.

힘을 실어서 강한 송구를 하기 위함이었다.

그러나 태식의 선택은 달랐다.

'강한 송구보다 정확한 송구!'

신체 나이가 스무 살 시절로 돌아온 덕분에 태식의 어깨는 어느 누구보다 싱싱한 상태였다.

서두르거나, 힘을 싣기 위해 노력하지 않더라도, 3루에서 기다리고 있을 김대희에게 노 바운드로 도착하는 송구를 할 자신이 있었다.

괜히 불안정한 자세로 송구하다가 방향이 빗나가는 것보다는, 안정된 자세로 더 정확한 송구를 하는 편이 낫다는 판단을 내렸기 때문에 멈춰 선 것이었다.

쐐애액!

태식의 손을 떠난 송구가 3루로 날아갔다.

마치 마운드 위의 투수가 홈 플레이트로 공을 뿌리듯이 전혀 포물선 없이 일직선으로 날아간 송구는 김대희가 내밀고 있던 글러브 속으로 정확하게 빨려 들어갔다.

'스트라이크!'

원하는 곳으로 정확히 날아가서 글러브 속에 꽂힌 송구를 확인한 태식이 속으로 외치며 상황을 주시했다.

예상보다 훨씬 더 빨리 송구가 도착했기 때문일까?

임훈기는 당황한 기색이 역력했다.

슬라이딩을 시도할 타이밍을 놓쳐 버린 임훈기는 태그를 피할 시도조차 하지 못하고 꼼짝없이 태그를 당했다.

그리고 처음이 아니기 때문일까?

일전에 태식의 강하고 정확한 송구를 받고서 깜짝 놀랐던 김대희였지만, 오늘은 멍하니 서 있는 대신 빠르게 후속 동작을 가져갔다.

타다다닷!

태식의 송구가 3루로 향하는 것을 확인한 타자 주자인 제임스 베리텍은 1루를 돌아 2루를 향해 달리고 있었다.

제이슨 베리텍의 베이스러닝을 빠르게 캐치한 김대희는 지체하지 않고 2루로 송구를 뿌렸다.

"아웃!"

2루심이 아웃을 선언한 순간, 태식이 주먹을 불끈 움켜쥐었다.

자칫했으면 무사 2, 3루의 위기가 될 수도 있었던 상황.

그러나 태식의 강하고 정확한 송구와 김대희의 빠른 상황 판단으로 1루 주자는 물론이고 타자 주자였던 제이슨 베리텍까지 잡아낼 수 있었다.

집중력이 빛난 수비가 마음에 들었을까.

수비의 도움으로 위기를 벗어난 윌린 해멀스가 양팔을 높이 들어 박수를 치며 고마움을 드러냈다.

'됐다!'

이번 수비는 의미가 컸다.

실점 위기를 사전에 차단한 것은 물론이고, 윌린 해멀스의 투구 수도 줄일 수 있었으니까.

'이 수비 덕분에 윌린 해멀스가 조금 더 마운드에서 버틸 수 있지 않을까?'

태식이 기대했지만, 그 기대는 빗나갔다.

2사 주자 없는 상황으로 바뀌며 방심했기 때문일까?

따악!

윌린 해멀스는 5번 타자 장영운에게 좌중간에 떨어지는 2루타를 허용했다.

그렇지만 더그아웃에 앉아 있는 이만술 감독의 표정은 밝아지지 않았다. 오히려 못마땅한 기색을 드러냈다.

만약 임훈기와 제이슨 베리텍이 루상에 있었다면 승부에 쐐기를 박을 수 있는 2타점 적시타가 될 수도 있는 안타가 뒤늦게 터졌기 때문이리라.

"어!"

이만술 감독의 표정을 살피던 태식이 두 눈을 치켜떴다.

타임을 요청하고 마운드 위로 걸어 올라오고 있는 이철승 감독을 뒤늦게 발견했기 때문이다.

"왜 올라오시는 거지?"

태식이 의아한 시선을 던지고 있을 때, 마운드 위에 도착한 이철승 감독이 윌린 해멀스에게서 공을 건네받았다.

'교체?'

평상시라면 충분히 납득할 수 있는 교체였다.

그러나 현재 심원 패롯스의 상황은 특수했다.

윌린 해멀스가 지친 기색을 드러내고 있다고는 하나, 아직 구위가 크게 떨어지지 않은 상태였다.

불펜진에 과부하가 걸려 있는 만큼, 윌린 해멀스에게 8회까지 맡길 거라고 판단했던 태식의 예상은 빗나갔다.

'누굴 올리시려는 거지?'

한원희, 송강호, 그리고 지태민.

심원 패롯스의 필승조에 속한 불펜 투수들이었다. 그러나 최근 세 투수 가운데 확실한 믿음을 주는 선수는 없었다.

과부하가 걸리며 공 끝이 무뎌진 세 투수는 누가 먼저랄 것도 없이 거의 동시에 부진에 빠졌다.

해서 이철승 감독이 누굴 선택했는지 살피던 태식의 눈이 커졌다.

"정기하?"

아직 7회 말이 끝나지 않은 상황이었다.

그렇지만 마무리 투수인 정기하가 마운드로 올라오는 것을 확인한 태식이 굳어진 표정으로 혼잣말을 꺼냈다.

"너무… 급한 게 아닐까?"

'한 점 승부!'

이철승이 내린 결론이었다.

정규 시즌 막바지에 팀의 에이스 역할을 맡고 있는 윌린 해멀스는 오늘도 혼신의 힘을 다한 무실점 역투를 펼치고 있었다.

'재계약!'

오늘 경기만이 아니었다.

톰 하디와 이연수가 전력에서 이탈한 후, 윌린 해멀스는 오늘 경기까지 포함해 세 차례 선발투수로 등판했다. 그리고 세 차례 선발 등판에서 윌린 해멀스는 모두 퀄리티 스타트 이상의 투구를 펼쳤다.

그 호투 덕분에 심원 패롯스는 최악의 상황에서도 2승을 거둘 수 있었다.

그러니 어찌 고맙지 않을까?

그리고 내년 시즌 윌린 해멀스와의 재계약 여부에 대해 잠시 고민하던 이철승의 낯빛이 어두워졌다.

심원 패롯스의 가을 야구 진출이 불투명한 상황.

심원 패롯스의 감독인 이철승은 성적 부진의 책임에서 자유로울 수 없었고, 그로 인해 입지가 불안한 상태였다.

지금은 외국인 선수의 재계약에 대해 고민할 처지가 아니었다.

"일단 오늘 경기를 잡아야 해!"

진인사대천명(盡人事待天命).

박순길 단장에게도 밝혔듯이 아직 산술적으로는 가을 야구 진출이 가능한 상태이니 포기하기는 일렀다.

우선은 오늘 경기를 이기는 데 초점을 맞춰야 했다.

'투수 교체 타이밍을 언제로 가져가야 할까?'

7회 말에도 마운드에 오른 윌린 해멀스가 여울 데블스의 3번 타자인 임훈기에게 볼넷을 허용한 순간, 이철승의 고민이 깊어졌다.

팽팽한 투수전 양상이 펼쳐지면서 오늘 경기가 한 점 승부가 될 확률이 높아진 만큼, 투수 교체 타이밍이 더욱 중요했다.

그렇지만 불펜진이 과부하에 걸리며 붕괴되기 직전이라 투구 교체 타이밍을 잡는 것이 더욱 어려웠다.

'지금 바꿀까?'

투구 수가 100개에 가까워지면서 월린 해멀스는 지친 기색이 역력했다. 그러나 이철승은 선뜻 결정을 내리지 못하고 망설였다.

월린 해멀스가 조금 더 마운드 위에서 버텨줄 수 있지 않을까 하는 미련이 남았기 때문이다.

따악!

그러나 무사 1루 상황에서 제이슨 베리텍이 우전 안타를 터뜨린 순간, 이철승이 눈살을 찌푸렸다.

'역시 바꿨어야 했어!'

괜한 미련이 발목을 잡은 셈이었다. 그래서 내심 후회하고 있던 이철승의 시선이 김태식에게로 향했다.

'어쩌면?'

우익수로 출전하기 시작한 후, 김태식은 자신에게 큰소리를 쳤던 대로 준수한 수비력을 선보였다.

특히 강하고 정확한 송구로 팀을 패배 위기에서 구한 것도 여러 차례였다. 그래서 김태식이 타구를 잡아낸 순간, 혹시나 하는 기대감이 생겼다.

타다다닷!

1루 주자였던 임훈기는 2루 베이스를 통과한 후 멈추지 않고 3루로 전력 질주를 하고 있었다.

한 시가 급한 상황.

그러나 김태식은 서두르지 않았다.

앞으로 대시하며 침착하게 글러브로 타구를 잡아낸 김태식이 갑자기 대시하던 속도를 늦췄다.

'왜?'

송구에 힘을 싣기 위해서는 대시하던 속도를 늦추지 않고 물 흐르듯이 송구 동작으로 이어나가야 했다.

그런데 대체 왜 김태식이 멈칫거리는지 이해가 가지 않았다.

초조함을 이기지 못한 이철승이 감독석에서 벌떡 일어섰을 때였다.

쐐애액!

김태식의 손을 떠난 송구가 그라운드를 가로질렀다. 그리고 김대희가 내밀고 있던 글러브로 빨려 들어갔다.

팡!

'꼭… 투수가 던지는 피칭 같잖아!'

요란한 소리가 울려 퍼진 순간, 이철승이 떠올린 생각이었다.

외야에서 던진 송구였지만, 송구의 궤적이나 송구를 하는 폼이 꼭 마운드 위의 투수가 홈 플레이트 쪽으로 공을 던지는 것과 흡사하게 느껴졌다. 그리고 강하고 정확한 김태식의 송구를 확인한 순간, 이철승의 귓가에 용덕수가 했던 말이 되살아났다.

"태식 선배입니다."

우리 팀에 존재하는 수준급 투수가 누구냐고 물었을 때, 용덕수에게서 곧바로 돌아왔던 대답이었다.

솔직히 말하면 그 말을 믿지 않았다.

물론 김태식이 프로 팀에 입단할 당시에 거액의 계약금을 받았을 정도로 유망한 투수였다는 것은 이철승도 알고 있었다.

그렇지만 김태식은 투수로서 성공하지 못했다. 여러 차례 부상을 당했고, 특히 어깨 부상이 치명적이었다.

그 후로 얼마나 오랜 시간이 흘렀는가.

해서 김태식이 다시 마운드 위에 서는 것은 당연히 불가능하다는 고정관념이 이철승의 머릿속에 자리 잡고 있었기 때문이다.

그런데.

방금 김태식이 보여준 송구를 눈으로 확인한 순간, 그 생각이 조금 바뀌었다.

이번이 처음이 아니었다.

벌써 여러 차례 김태식은 야구팬들을 깜짝 놀라게 만들었을 정도로 강하고 정확한 송구를 선보였다.

어깨 수술을 받았던 선수라고는 믿기지 않을 정도로.

반신반의.

어제 용덕수와 대화를 마쳤을 때만 해도 헛소리라고 치부하고 넘겼었다. 그런데 지금은 반신반의하는 마음으로 바뀌었다.

'정말… 가능할까?'

만약 용덕수가 장담했던 대로 김태식이 투수로서 마운드에 올라서 수준급 투구를 해줄 수만 있다면?

투수 기근에 허덕이고 있는 심원 패롯츠로서는 천군만마를 얻는 것이나 마찬가지였다.

따악!

그때였다.

윌린 해멀스가 여울 데블스의 5번 타자 장영운에게 2루타를 허용했다.

다행인 것은 임훈기와 제이슨 베리텍이 모두 태그 아웃되면서 루상에 주자가 사라진 덕분에 실점을 허용하지 않았다는 점이었다.

그렇지만 이철승은 웃을 수 없었다.

'한계!'

한 경기만 패해도 가을 진출이 무산될 수 있는 것이 심원 패롯츠가 처한 상황이었다.

한 점 승부가 될 확률이 높은 오늘 경기에서 한계에 봉착해 있는 윌린 해멀스로 계속 밀어붙이는 것은 너무 위험했다.

'미련을 버리자!'

괜한 미련으로 인해 이미 한번 위기에 처할 뻔했었다.

똑같은 실수를 반복하는 것은 멍청한 짓이었다.

마침내 결단을 내린 이철승이 더그아웃을 박차고 마운드로 걸어 올라갔다. 그리고 이철승이 마운드에 올린 것은 마무리 투수 정기하였다.

8회도 아닌 7회 말.

마무리 투수를 올리기에는 분명히 이른 시점이었다. 그렇지만 이철승은 과감한 결단을 내릴 수밖에 없었다.

오늘 경기에서 패하면 내일이 없는 벼랑 끝 승부였기 때문이다.

그리고 이철승이 이런 과감한 결단을 내릴 수 있었던 이유는 하나 더 있었다.

"9회까지 책임져라!"

정기하에게 공을 건넨 이철승이 김태식을 응시했다.

'선택지 가운데 하나!'

아까도 말했듯이 용덕수가 했던 말을 다 믿는 것은 아니었다.

여전히 반신반의하는 단계였다. 그렇지만 적어도 선택할 수 있는 가짓수가 하나 늘어난 것은 사실이었다.

툭툭.

정기하의 어깨를 두드려 준 후 마운드에서 내려가던 이철승이 간절히 바랐다.

아까 자신의 당부처럼 정기하가 9회까지 무실점으로 막아주기를.

0 : 0.

7회 말 2사 2루 상황에서 마무리 투수인 정기하를 조기에 투입한 이철승 감독의 과감한 승부수는 적중했다.

정기하는 후속 타자에게 볼넷을 허용하긴 했지만, 다음 타자를 외야플라이로 잡아내며 실점을 허용하지 않고 이닝을 마무리했다.

그리고.

8회 말에도 마운드에 오른 정기하는 두 타자를 내야 땅볼과 외야 뜬공으로 잇따라 잡아내며 손쉽게 이닝을 마무리할 듯 보였다.

그러나 여울 데블스의 리드 오프인 배상우와의 승부에서 어려움을 겪기 시작했다.

풀카운트까지 이어진 승부.

정기하가 택한 결정구는 직구였다.

바깥쪽 꽉 찬 낮은 코스로 파고든 140㎞ 후반대의 직구는 구속도 좋았고, 제구도 완벽했다.

딱!

6구째로 브레이킹 볼이 들어올 거라고 예상했기 때문일까.

배상우가 휘두른 배트는 타이밍이 늦었다. 그러나 배트를 짧게 쥐고 타석에 들어선 배상우는 수 싸움에 실패했음에도 커트를 해내는 데 성공했다.

이어진 7구!

슈아악!

정기하가 던진 싱커는 조금 낮았다.

"볼넷!"

배상우에게 볼넷을 허용한 정기하의 표정에는 아쉬움이 가득 묻어났다.

비록 2사 후이긴 하지만, 언제든지 도루를 시도해서 성공시킬 수 있을 정도로 발이 빠른 배병우를 루상에 내보낸 것이 무척 부담이 됐으리라. 또, 승부가 길어지면서 투구 수가 늘어난 것도 부담이 됐을 것이었다.

"상황이 어려워졌어!"

다음 타석으로 들어서고 있는 여호령을 바라보던 태식의 신경이 곤두섰다.

괜히 배병우와 여호령이 리그 최고의 테이블 세터진이라는 평가를 받고 있는 것이 아니었다.

배상우에 못지않게 여호령도 선구안이 좋고 발이 빨랐다.

게다가 배상우와 승부를 할 때보다 상황이 더욱 안 좋았다.

발 빠른 주자인 배상우가 1루에 나가 있는 만큼, 정기하로서는 주자의 움직임에 신경을 쓰지 않을 수 없기 때문이었다.

태식의 우려대로였다.

정기하는 1루 주자인 배상우에게 신경을 쓰느라 타자인 여호령과의 승부에 온전히 집중하지 못했다. 그 결과 제구가 흔들렸다.

쓰리 볼 원 스트라이크.

투수에게 불리한 볼카운트에서 정기하가 던진 몸 쪽 직구는 조금 높았다.

타자의 입장에서는 눈에 들어올 수밖에 없는 몸 쪽 직구.

욕심이 날 법도 했지만, 여호령은 배트를 내밀지 않았다.

"볼넷!"

정기하가 연속 볼넷을 허용하며 2사 1, 2루로 상황이 바뀐 순간, 태식의 표정이 굳어졌다.

"애초에 뛸 생각이 없었어."

1루 주자였던 배상우는 리드 폭을 크게 가져갔다. 그렇지만 끝내 도루를 시도하지 않았다.

'정기하의 견제가 좋아서?'

그런 면이 없었던 것은 아니었다. 그러나 태식은 다른 이유를 떠올렸다.

"이만술 감독의 지시가 아닐까?"

태식이 고개를 돌렸다. 그리고 전광판에 찍힌 정기하의 투구 수가 29개임을 확인하고 눈살을 찌푸렸다.

19. 투수가 없다

슈아악!

정기하가 5구째로 던진 슬라이더의 궤적은 날카로웠다.

타자의 배트를 이끌어내기에 충분한 훌륭한 유인구.

그러나 타석에 선 임훈기는 속지 않았다.

임훈기가 유인구를 참아내며 풀카운트로 바뀐 순간, 이철승이 미간을 찡그리며 맞은편 더그아웃을 살폈다.

무표정한 얼굴로 그라운드를 바라보는 이만술 감독을 노려보던 이철승이 작게 혼잣말을 꺼냈다.

"우리 팀의 약점을 간파했어!"

심원 패롯스가 현재 안고 있는 가장 큰 약점은 마운드의 깊이가 낮다는 것이었다. 그리고 그 약점을 간파한 이만술 감독은 집중적으로 공략하고 있었다.

"어쩐지 너무 소극적이라고 생각했는데……."

오늘 경기 심원 패롯스의 선발투수로 나선 윌린 해멀스는 6과 2/3이닝 동안 무실점으로 여울 데블스 타선을 막아냈다. 그렇지만 투수 교체를 단행할 당시 윌린 해멀스의 투구 수는 110개가 넘어 있었다.

여울 데블스 타자들이 승부를 서두르지 않고 공을 많이 보았던 것이 투구 수가 늘어난 원인이었다. 그리고 투구 수가 빠르게 늘어난 것이 윌린 해멀스가 7회 말에 연속 안타를 허용하면서 한계에 봉착했던 이유였다.

그리고.

윌린 해멀스에 이어 마무리 투수인 정기하가 등판한 후, 여울 데블스 타자들의 소극적인 성향은 더욱 두드러졌다. 빼어난 선구안을 바탕으로 스트라이크존에 들어오는 공은 커트해 내고, 유인구에 속지 않으며 타석에서 승부를 최대한 길게 가져갔다. 그로 인해 정기하의 투구 수는 어느덧 35개까지 늘어나 있었다.

"지난번과 마찬가지야!"

분석을 통해 상대의 약점을 간파한 후, 집요하게 물고 늘어지는 것!

여울 데블스를 이끌고 있는 이만술 감독의 야구 스타일이자 장점이었다. 그리고 오늘도 그 장점이 십분 발휘되고 있었다.

슈아악!

"볼넷!"

정기하가 3번 타자인 임훈기에게도 볼넷을 허용하며 2사 만루로 바뀐 순간, 이철승의 표정이 더욱 심각해졌다.

'막을 수 있을까?'

빠르게 투구 수가 늘어나며 제구 난조를 겪고 있는 정기하는 불안했다. 당장 여울 데블스와의 4번 타자인 제이슨 베리텍과의 승부를 장담하기 어려웠다. 그리고 문제는 이게 끝이 아니었다.

'9회는?'

마무리 투수인 정기하의 투구 수가 40개에 육박한 상황.

계속 마운드에 올리는 것은 무리라는 판단이 들었다.

'아쉽네!'

후우.

이철승이 길게 한숨을 내쉬었다.

정기하를 마운드에 올릴 때, 이철승이 바란 것은 9회까지 마운드를 지키는 것이었다. 그러나 상황은 바람처럼 흘러가지 않았다.

운이 없었던 것이 아니었다.

여울 데블스의 이만술 감독이 정기하의 투구 수를 늘리기 위해서 타자들에게 최대한 승부를 길게 가져가라고 지시를 내렸던 탓이었다.

'누굴 올리지?'

고민이 깊어진 이철승의 시선이 마치 당연하다는 듯이 외야에 서 있는 김태식에게로 향했다.

늘어난 선택의 가짓수.

마무리 투수인 정기하를 7회에 일찍 올린 것에도 늘어난 선택의 가짓수인 김태식의 존재가 영향을 미쳤다.

그렇지만 막상 선택을 내려야 하는 순간이 다가오자, 자꾸 망설여지는 것은 어쩔 수가 없었다.

가장 먼저 떠오르는 것은 이 선택이 실패로 끝났을 때 돌아올 비난.

분명히 비난은 거셀 터였다.

오죽 선수가 없으면 야수로 전향해서 뛰고 있던 퇴물 투수를 다시 마운드에 올렸냐는 비난은 감독의 역량에 대한 물음표로 바뀔 터였다.

물론 이철승도 할 말은 있었다.

톰 하디와 이연수.

주축 투수 두 명이 경기에 나서지 못하는 특수한 상황이었기 때문이다.

그러나 일전에도 말했듯이 팬들은 과정은 금세 잊고, 오직 결과만 두고 감정적인 비난을 쏟아내는 존재였다.

해서 이철승의 고심이 깊어졌을 때였다.

따악!

경쾌한 타격음이 그라운드에 울려퍼졌다.

그 타격음을 듣고 상념에서 깨어난 이철승의 낯빛이 창백하게 질렸다.

'적시타!'

제이슨 베리텍이 때린 타구는 안타 코스였다.

2사 후인만큼 루상의 주자들이 일찌감치 스타트를 끊은 상황.

최소 2점은 실점할 터였다. 그리고 2점차로 벌어진다면 경기를 역전시킬 수 있는 가능성은 희박했다.

"끝났군!"

감독석에서 벌떡 일어난 이철승이 탄식하며 혼잣말을 꺼냈다.

가을 야구 진출을 위한 실낱 같은 희망의 끈마저 완전히 끊어졌다고 판단한 이철승이 두 눈을 질끈 감아버렸을 때였다.

와아!

와아아!

팬들의 환호성이 쏟아졌다.

홈 팬들이 내지르는 환호성을 듣고 감았던 눈을 다시 뜬 이철승의 눈에 다이빙 캐치로 안타성 타구를 지워 버린 이종도의 모습이 들어왔다.

기가 막힌 호수비!

벌떡 일어나서 김태식과 하이파이브를 나누고 있는 이종도를 살피던 이철승이 안도의 한숨을 내쉬었다.

아직 희망의 끈이 끊어지지 않았다는 사실을 깨달았기 때문이다.

'이것도… 의도한 건가?'

이철승의 시선이 더그아웃으로 돌아오는 김태식에게 향했다.

'만약 김태식이 우익수로 나서지 않았다면?'

그랬다면 이종도의 수비 위치가 중견수로 바뀌지 않았을 터였다. 그리고 원래 중견수였던 임태규는 이종도처럼 수비 범위가 넓지 않았다.

임태규가 아닌 이종도가 중견수로 나섰던 덕분에 결정적인 순간에 기막힌 호수비가 나온 셈이었다.

어쩌면 김태식이 여기까지 계산했던 것이 아닐까 하는 생각을 퍼뜩 품었던 이철승이 쓰게 웃으며 고개를 흔들었다.

그럴 가능성은 극히 낮았기 때문이다.

"쓸데없는 생각을 하고 있을 때가 아니지."

이종도의 호수비로 위기를 넘긴 상황.

덕분에 희망을 이어나갈 수 있었다. 그리고 지금은 오늘 경기에서 승리할 수 있는 비책을 찾아야 했다.

"일말의 가능성이 있다면, 시도는 해봐야지."

방금 전에 찾아왔던 위기 상황이 이철승의 생각을 바꾸어놓았다.

정기하로서는 더 이상 끌고 갈 수 없는 상황.

더 늦어서 기회조차 사라지기 전에 다른 방법을 시도해야 했다.

"김태식!"

더그아웃 밖으로 걸어 나간 이철승이 김태식을 불렀다.

"네, 감독님."

"몸 풀어."

"네?"

"몸을 풀라고."

재차 확인해 주었지만, 김태식은 말귀를 알아들은 기색이 아니었다.

그렇지만 이철승은 김태식을 탓하는 대신 쓰게 웃었다.

어쩌면 당연한 반응이었기 때문이다.

선발 출전해서 계속 경기를 뛰고 있었던 선수에게 갑자기 몸을 풀라는 지시를 했으니 무척 당혹스러우리라.

"투수가 없다."

"네?"

"유사시에는 네가 마운드에 서야 할 상황이 올 수도 있다는 뜻이야. 그러니까 준비를 시작하라고."

이철승이 설명을 덧붙이고 나서야, 김태식은 비로소 말귀를 알아들은 표정이었다.

그렇지만 김태식은 바로 지시를 이행하기 위해서 움직이지 않았다.

지금의 상황이 쉬이 믿기지 않는 걸까.

멍하니 서 있기만 했다.

사전에 투수로 마운드에 오르는 것과 관련해서 어떤 언질도 주지 않았기에 이런 반응을 보이는 것이리라.

"김태식!"

"네, 감독님!"

비로소 두 눈에 초점이 돌아온 김태식에게 이철승이 재촉했다.

"시간 없다. 그러니까 서둘러."

이종도의 기막힌 호수비 덕분에 가까스로 실점 위기를 넘길 수 있었다. 그렇지만 태식은 마냥 기뻐할 수만은 없었다.

정기하의 투구 수는 39개.

9회에도 마운드에 오르는 것은 어려웠다.

'대체 누굴 올릴까?'

이런 걱정이 앞섰기 때문이다.

'동하나 동주를 올리면?'

불펜진이 과부하가 걸리면서 난타당하고 있는 상황.

어차피 심원 패롯스는 내일이 없는 상황이었다. 그래서 내일 과 모레 경기에 선발투수로 예정된 윤동하나 양동주를 올리는 것은 어떨까 하는 생각마저 들었다.

그렇지만 선택은 이철승 감독의 몫이었다.

그 생각을 털어버리고 더그아웃으로 돌아왔던 태식을 기다 린 것은 이철승 감독이었다.

"몸 풀어."

처음에는 이철승 감독의 지시를 제대로 이해하지 못했다. 그 렇지만 뒤늦게 그 지시에 담긴 의미를 깨달은 후에는 멍했다.

'다시… 마운드에 선다!'

기적이 벌어지면서 신체 나이가 스무 살 시절로 돌아온 후, 막연하게나마 투수로 다시 나서겠다는 각오를 다졌다.

실제로 투수로 재기하기 위해서 용덕수와 꾸준히 훈련을 하기도 했다. 그렇지만 예상했던 것보다 훨씬 더 빨랐다.

'완벽하게 준비를 마친 후에 마운드에 서자!'

예전의 실패를 반복하고 싶지 않았기에 굳은 각오를 다졌다. 그래서 마운드에 서는 것은 내년 시즌 정도가 될 거라고 생각하고 있었는데.

'왜?'

태식이 의아한 시선을 던졌다.

"시간 없다. 그러니까 서둘러."

이철승 감독이 재촉했지만, 태식은 움직이지 않았다.

아직 의문이 다 풀리지 않았기 때문이다.

현재 심원 패롯스에 믿고 마운드에 올릴 수 있는 투수가 없는 것은 부인할 수 없는 사실이었다.

그렇지만 부상을 극복하지 못하고 야수로 전향한 후, 오랫동안 마운드에 선 적이 없는 자신을 갑자기 마운드에 올리겠다고 이철승 감독이 결정을 내린 배경에는 의구심이 생기지 않을 수 없었다.

그런 태식의 속내를 읽었을까.

이철승 감독이 한숨을 내쉬며 말했다.

"덕수다."

"⋯⋯?"

"덕수가 찾아와서 우리 팀에 수준급 투수가 숨어 있다고 알려줬다."

"그게⋯ 저입니까?"

"그래, 너야."

비로소 태식의 의구심이 풀렸을 때, 이철승 감독이 용덕수를 불렀다.

"찾으셨습니까, 감독님."

"네가 태식이에게 알아듣게 설명해. 시간 없으니까 최대한 빨리."

"알겠습니다."

이철승 감독이 서두르라고 당부한 후 감독석으로 향했다. 그리고 둘만 남게 된 순간, 태식이 물었다.

"왜 그랬냐?"

"형을 좋아하니까요. 제가 곁에서 지켜본 형은 마운드에 다시 서고 싶어하셨거든요. 그래서 감독님을 찾아갔었습니다."

"덕수야."

"물론 그 이유가 다가 아닙니다."

"또 무슨 이유가 있지?"

"저도 심원 패롯스 소속 선수거든요."

"응?"

"톰 하디와 연수 선배가 경기에 나서지 못하면서 우리 팀은 투수진이 붕괴되며 어려움을 겪고 있습니다. 그래서 어떻게 이 난관을 헤쳐 나갈 수 있을까 계속 고민하다 보니까 형이 떠올랐어요."

"내가… 떠올랐다?"

"지금이 바로 형이 투수로서 재기할 수 있는 적기라는 생각이 퍼뜩 들었습니다."

아주 틀린 말은 아니었다.

투수가 없는 현재 심원 패롯스의 상황 덕분에 태식은 다시 마운드에 설 수 있는 기회를 잡은 셈이었으니까.

다만… 너무 갑작스러워서 조금 혼란스러웠다.

"형!"

"말해."

"혹시 제가 실수한 겁니까?"

눈치를 살피며 묻는 용덕수에게 태식이 고개를 흔들었다.

어쩌면 하늘이 내려준 기회가 아닐까 하는 생각이 들었다. 그리고 그 기회를 잡을 수 있도록 용덕수가 도와준 셈이었다.

그러니 용덕수는 눈치를 살필 필요가 없었다.

오히려 태식이 고마워해야 했다.

"잘했다."

"그렇죠? 저, 잘한 거죠?"

히죽 웃으며 질문하는 용덕수에게 태식이 대답했다.

"그래, 이제 내가 잘하는 것만 남았다."

9회 초.

심원 패롯스의 정규 이닝 마지막 공격은 8번 타자 용덕수부터 시작이었다.

마운드에는 여울 데블스의 마무리 투수인 선우재덕이 올라와 있었다.

딱!

용덕수는 바뀐 투수인 선우재덕의 초구를 노렸다. 그러나 결과는 좋지 않았다.

평범한 내야 땅볼로 용덕수가 아웃된 후, 1사 주자 없는 상황에서 9번 타자 헨리 소사가 타석에 들어섰다. 그리고 헨리 소사의 일발 장타를 의식한 선우재덕은 쉽게 승부하지 못하고 어렵게 승부를 가져갔다.

"볼넷!"

헨리 소사가 볼넷으로 루상에 나가며 찬스가 만들어진 순간, 이철승 감독은 대주자인 유현신을 내보냈다.

이번 찬스에서 꼭 득점을 올리겠다는 강한 의지의 표출.

찬스에서 타석에 들어선 이종도는 아까 기막힌 호수비를 펼쳤던 좋은 리듬을 타석에서도 이어나갔다.

슈아악!

따악!

힘들이지 않고 배트 중심에 맞춘 타구는 투수의 곁을 스치고 지나가는 중전 안타로 연결됐다.

타다다닷!

대주자 유현신은 빠른 발을 뽐내며 3루까지 내달려 안착했다.

1사 1, 3루.

더구나 두 명의 주자가 모두 발이 빠른 만큼, 병살 플레이가 나올 위험도 적었다.

절호의 득점 찬스에서 타석에는 임현일이 등장했다.

가장 좋은 것은 깊숙한 외야플라이.

그러나 내야 땅볼만 쳐내도 선취 득점을 올릴 수 있는 확률이 높은 상황이었다.

하지만 임현일은 둘 중 어느 것도 해내지 못했다.

부우웅!

외야플라이를 의식한 듯 크게 헛스윙을 한 임현일은 허무하게 삼진으로 물러났다.

"아쉽다!"

선취 득점을 올릴 수 있는 절호의 기회가 날아간 순간, 태식은 아쉬움을 감추지 못했다. 그리고 아쉬움을 드러낸 것은 이철승 감독도 마찬가지였다.

"어떻게 될까?"

태식이 그라운드를 응시했다.

임현일이 삼진을 당하며 2사 1, 3루로 바뀐 상황에 타석에는 최순규가 등장했다.

지난 다섯 경기에서 19타수 3안타에 불과할 정도로 최순규는 최근 타격감이 좋지 않은 편이었다.

그렇지만 이철승 감독은 최순규를 그대로 내보냈다.

'약점!'

타석으로 들어서는 최순규를 보며 태식이 떠올린 것이었다.

지명타자로 나서기 시작한 강만호가 활약하면서, 심원 패롯스의 타선은 마지막 조각을 맞추었다.

그렇지만 약점이 없는 것은 아니었다.

유일한 약점은 대타자였다.

승부처에서 결정적인 역할을 해줄 수 있는 대타 요원의 부재는 여전히 약점으로 남아 있었다.

슈아악!

선우재덕이 최순규를 상대로 던진 초구는 몸 쪽 직구였다. 꽉 찬 코스로 들어온 공에 최순규는 배트를 내밀지 않았다.

"볼!"

그러나 조금 깊고 낮았다고 판단한 주심의 손은 올라가지 않았다.

마치 기 싸움을 펼치듯이 공을 잡은 자세 그대로 미트를 고정하고 있던 여울 데블스의 포수인 김인수가 느지막이 일어섰다.

"들어왔잖아요."

주심을 힐끗 돌아보며 불만을 표출한 김인수가 무심코 투수에게 공을 던진 후 당황한 기색을 드러냈다.

타다다닷!

느닷없이 홈으로 파고들고 있는 3루 주자 유현신을 뒤늦게 발견했기 때문이다.

투수인 선우재덕도 유현신의 홈스틸을 알아채고, 앞으로 대시하며 공을 받아서 빠르게 다시 포수인 김인수에게 던졌다.

당황한 기색이 역력한 김인수가 홈 플레이트 앞을 막아선 채 공을 건네받은 미트를 아래로 내려쳤다.

아슬아슬한 타이밍.

"아웃!"

그렇지만 주심은 태그가 빨랐다고 판단해서 아웃을 선언했다.

허무한 주루사로 끝난 홈스틸을 목도한 태식이 한숨을 내쉬었다.

"너무 서둘렀어!"

헨리 소사를 대신해서 대주자로 나선 유현신이 스스로 판단해서 홈스틸을 시도했을 가능성은 전무했다.

이번 홈스틸은 이철승 감독의 작전 지시였다.

최근 들어 타격 부진에 빠진 최순규에게 적시타를 기대하기 어렵다고 판단했기에 상대 배터리의 방심의 허를 찌르는 과감한 작전.

그러나 작전은 실패로 돌아갔다.

'왜 이렇게 서두르는 거지?'

물론 심원 패롯스가 처해 있는 상황이 절박한 것은 틀림없었다. 그렇지만 급할수록 돌아가란 속담이 괜히 있는 것이 아니었다.

조급한 마음에 서두르다 보면 무리수를 둘 수밖에 없었고, 결과도 좋지 않은 경우가 대부분이었다.

마무리 투수인 정기하를 7회 말에 일찍 올린 것도, 방금 주루사로 끝난 홈스틸을 지시한 것도 이철승 감독이 너무 조급하다는 증거였다.

"비디오 판독!"

이철승 감독은 비디오 판독을 요청했다. 그리고 비디오 판독은 꽤 길어졌다.

"세이프!"

약 5분의 시간이 흐르고 나서야 돌아온 주심은 양팔을 가로로 벌리며 원심을 번복했다.

타이밍상으로는 아웃이었다. 그렇지만 헤드 퍼스트 슬라이딩을 한 유현신이 태그를 피하기 위해서 몸을 비틀며 오른손이 아닌 왼손으로 베이스를 터치한 것이 주효했기 때문에 원심이 번복된 것이었다.

1 : 0.

마침내 심원 패롯스가 선취 득점을 올렸다.

9회 말, 마운드에 오른 것은 정기하였다.

그러나 정기하를 계속 마운드에 올린 이철승 감독의 선택은 실패로 끝났다.

오늘 경기에서 정기하가 던진 40구째 공은 가운데로 몰리면서 실투가 됐다. 그리고 장영운은 실투를 놓치지 않았다.

따악!

중견수인 이종도가 빙글 몸을 돌려서 열심히 쫓아갔지만, 아까처럼 기막힌 호수비를 펼치기에는 타구가 너무 빠르고 멀리 뻗었다.

타구는 원 바운드로 펜스를 때리고 튕겨 나왔고, 그사이 타자 주자인 장영운은 2루까지 서서 들어갔다.

무사 2루.

순식간에 동점을 허용할 위기에 몰리자, 이철승 감독이 마운드로 올라갔다. 그리고 정기하에게서 공을 건네받은 이철승 감독은 지태민에게 공을 넘겼다.

지태민 역시 필승조에 속한 불펜 투수.

다른 필승조에 속한 불펜 투수들처럼 3연투를 한 것은 마찬가지였지만, 그나마 투구 수가 가장 적었다.

이것이 한원희나 송광호가 아닌 지태민을 선택한 이유였다.

그러나 지태민은 이철승 감독의 기대에 부응하지 못했다.

슈아악!

"볼!"

짧은 안타만 허용해도 동점이 되는 상황.

지나치게 안타를 의식한 지태민은 코너워크에 신경을 썼고, 오히려 그것이 독이 됐다.

슈아악!

"볼넷!"

단 하나의 스트라이크도 넣지 못하고 6번 타자 김인수에게 스트레이트 볼넷을 허용하고 말았다.

무사 1, 2루 상황이 되자, 다시 한번 이철승 감독이 더그아웃을 빠져나왔다. 그리고 더그아웃을 빠져나온 이철승 감독의 시선은 태식에게 향해 있었다.

'내 차례가 왔구나!'

이철승 감독과 시선이 마주친 순간, 태식은 직감했다.

다시 마운드에 설 기회가 왔다는 것을.

그리고 태식의 예상은 적중했다.

이철승 감독은 바로 마운드로 오르지 않고 주심에게 걸어갔다.

주심과 라인업 변화에 대해 몇 마디 대화를 나누고 나서야 이철승 감독은 마운드로 올라가 태식에게 손짓했다.

그 부름을 받고 태식이 달려가자, 이철승 감독이 고개를 흔들며 만류했다.

"김태식!"

"네!"

"호흡 흐트러지니까 뛰지 마."

마운드에 다시 서는 것이 워낙 오래간만이었다. 그래서 투수는 민감하고 예민한 동물이라는 것조차 깜박하고 뛰어 왔다.

뒤늦게 실수를 깨달은 태식이 멋쩍게 웃고 있을 때였다.

"태식아!"

"네, 감독님."

"미안하다."

사과부터 하는 이철승 감독에게 태식이 의아한 시선을 던졌다.

"왜 미안하신 겁니까?"

"널 못 믿었다."

"……?"

"그래서 기하로 끌고 가려고 했고, 그 후에는 네가 아닌 태민이를 선택했다. 그런데 오히려 더 안 좋은 결과만 얻었다."

9회 말이 시작되었을 때, 정기하를 계속 마운드에 올린 것, 또 정기하에 이어서 지태민을 올린 것.

이철승 감독이 이런 선택을 내린 이유는 능히 짐작할 수 있었다.

투수 김태식을 믿지 못해서였다. 그리고 이철승 감독의 선택을 비난할 생각은 없었다.

만약 태식이 같은 입장이었더라도 똑같은 선택을 내렸을 테니까.

그렇지만 아쉬운 마음이 드는 것은 사실이었다.

심원 패롯스의 가을 야구 진출 실패가 확정될 수도 있는 중요한 경기, 그것도 무사 1, 2루의 위기 상황에서 태식은 마운드에 올라온 셈이었다.

9회 말이 시작되자마자 마운드에 올라왔을 때에 비해 부담감과 중압감이 훨씬 더 큰 것은 사실이었다.

"하나 더. 네게 너무 무거운 짐을 떠안긴 것 같구나."

"괜찮습니다."

"정말 괜찮아?"

"기회라고 생각하겠습니다."

태식이 대답하고 나서야, 이철승 감독의 표정이 조금 홀가분하게 바뀌었다.

"너무 부담 갖지 마. 실패하더라도… 책임은 내가 질 테니까."

툭. 툭.

태식의 어깨를 가볍게 두드린 후, 이철승 감독은 더그아웃으로 돌아갔다. 그리고 태식은 마운드 위에 홀로 남겨졌다.

습관이란 무서웠다.

투수로서 마운드 위에 다시 선 것은 무척 오래간만이었다. 그렇지만 몸은 하나도 잊지 않고 또렷하게 예전의 감각들을 기억하고 있었다.

아직 마운드 위에서 공을 하나 던져보기도 전이었지만, 마치 감전된 것처럼 짜릿한 전율이 일었다.

또, 신경이 잔뜩 곤두서며 감각이 예민해졌다.

그래서일까?

웅성웅성.

크게 술렁이기 시작한 관중석에서 오가는 대화들도 생생히 들렸다.

"야, 김태식이 왜 저기 있어?"

"내가 화장실 갔다 온 사이에 도대체 무슨 일이 벌어진 거야?"

"내가 제대로 본 거 맞지? 지금 마운드에 서 있는 게 김태식 맞지?"

"헐, 대박!"

"이게 프로야구냐? 고교 야구냐?"

원래 수비 위치였던 우익수 포지션이 아닌 마운드 위에 서 있는 태식을 확인하고 나서 관중들도 당황한 기색이 역력했다.

당황한 것은 관중들만이 아니었다.

여울 데블스의 이만술 감독 이하 선수들도 당황했다.

심지어 심원 패롯스의 팀원들조차도 당황했기는 마찬가지였다.

그만큼 파격적인 라인업 변화.

그라운드 안에서 유일하게 당황하지 않은 사람은 포수 마스크를 쓰고 있는 용덕수뿐이었다.

"형, 살살 던지세요."

용덕수가 던진 말을 듣고, 태식이 로진백을 집어 들었다.

로진백을 내려놓고 공을 잡고 빙글 돌리자, 손끝에 까끌한 실밥의 감촉이 전해졌다.

'시작해 볼까?'

슈욱!

태식이 천천히 와인드업을 마치고 연습 구를 던졌다.

"구속이 백도 안 나오겠다!"

"헐, 쪽박!"

"아리랑 볼이다."

"이건 어떻게 이해를 해야 하는 거야?"

"고교 야구가 아니라 사회인 야구다!"

태식이 던지는 느린 연습 구들을 확인한 관중들이 앞다투어 소리쳤다.

우우!

우우우!

일부 관중들은 느린 연습 구를 확인하고 나서 야유까지 쏟아냈다.

마운드 위에 서 있는 태식에서 쏟아낸 야유가 아니었다.

지금 관중들이 쏟아내고 있는 야유는 이철승 감독을 향한 것이었다.

이런 중요한 경기, 또 긴박한 상황에 마운드에 올릴 투수가 마땅히 없어서 아리랑 볼을 던지는 야수를 마운드에 올린 이철승 감독에게 항의와 비난의 의미가 담긴 야유를 쏟아낸 것이었다.

'신경 쓸 것 없어!'

만약 경험이 없는 신인 투수였다면?

지금 홈 팬들이 쏟아내고 있는 야유 소리와 대화들로 인해 경기에 온전히 집중하지 못했을 터였다.

그러나 태식은 달랐다.

'내 투구에만 신경 쓴다!'

"플레이볼!"

태식이 각오를 다진 순간, 주심이 경기 재개를 알렸다.

"후우!"

태식이 크게 심호흡을 하며 사인을 확인했다.

몸 쪽 직구!

용덕수가 내고 있는 사인을 확인한 태식이 고개를 끄덕였다.

힘차게 와인드업을 마친 태식이 공을 던졌다.

슈아악!

연습 구와는 달랐다.

팡!

아까 연습 구를 던지는 것을 살펴보았기에 자신만만한 표정으로 타석에 들어섰던 7번 타자 이의상은 몸 쪽 꽉 찬 코스로 빠르게 파고드는 직구를 확인하고서 화들짝 놀라서 뒤로 물러났다.

"뭐야, 이거!"

태식이 초구를 던진 후, 이의상은 입을 쩍 벌리며 놀란 기색을 감추지 못했다. 그리고 놀란 것은 주심도 마찬가지였다.

"…스트라이크!"

태식의 몸 쪽 직구가 스트라이크존을 통과해 용덕수가 내밀고 있던 미트에 박히고 난 뒤 한참 후에야 스트라이크 선언을 했다.

"공, 죽입니다."

용덕수가 돌려준 공을 건네받은 태식이 빙글 몸을 돌렸다.

147㎞.

전광판에 찍혀 있는 구속을 확인한 태식이 희미한 웃음을 머금었다.

『저니맨 김태식』 7권에 계속…

이제부터 전자책은

이젠북

www.ezenbook.co.kr

새로운 세계가 열린다!

김재한 『성운을 먹는 자』　　철백 『대무사』
니콜로 『마왕의 게임』　　가프 『궁극의 쉐프』
이경영 『그라니트:용들의 땅』　　문용신 『절대호위』
탁목조 『일곱 번째 달의 무르무르』　　천지무천 『변혁 1990』
강성곤 『메이저리거』　　SOKIN 『코더 이용호』

이름만 들어도 황홀할 정도의 별들의 향연!
이들의 "유료연재"가 시작됩니다!

검색창에 **이젠북**을 쳐보세요! ▼

초대형 24시 만화방

신간 100%, 샤워실, 흡연실, 수면실(침대석), 커플석, 세탁기 완비

■ 광명 광명사거리역점 ■

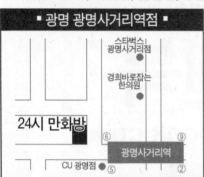

경기도 광명시 오리로 986 광명사거리역 6번 출구 앞 5층
02) 2625-9940 (솔목타워 5층)

■ 강북 노원역점 ■

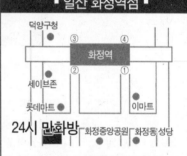

서울 노원구 상계동 340-6 노원역 1번 출구 앞 3층
02) 951-8324 (화용빌딩 3층)

■ 일산 정발산역점 ■

라페스타 E동 건너편 먹자골목 내 객잔건물 5층
031) 914-1957

■ 일산 화정역점 ■

경기도 고양시 덕양구 화정동 984번지 서일빌딩 7층
031) 979-4874 (서일사우나 건물 7층)

■ 부천 역곡역점 ■

역곡남부역 기업은행 건물 3층
032) 665-5525

■ 부평역점 ■

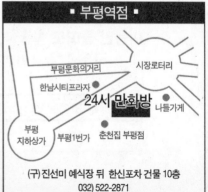

(구) 진선미 예식장 뒤 한신포차 건물 10층
032) 522-2871